11/19

MEMORIAS
DE UNA
MULA

JESÚS PANIAGUA

MEMORIAS
DE UNA
MULA

Planeta

Diseño de portada: Liz Batta
Fotografía de portada: Ebru Sidar / Arcangel
Imagen de contraportada: © Shutterstock / ChaiwatUD
Fotografía del autor: Julián Roa

© Jesús Paniagua, 2019
Autor representado por Silvia Bastos, S.L. Agencia literaria

Derechos reservados

© 2019, Editorial Planeta Mexicana, S.A. de C.V.
Bajo el sello editorial PLANETA M.R.
Avenida Presidente Masarik núm. 111, Piso 2
Colonia Polanco V Sección
Delegación Miguel Hidalgo
C.P. 11560, Ciudad de México
www.planetadelibros.com.mx

Primera edición en formato epub: junio de 2019
ISBN: 978-607-07-5791-4

Primera edición impresa en México: junio de 2019
ISBN: 978-607-07-5769-3

Impreso en los talleres de Litográfica Ingramex, S.A. de C.V.
Centeno núm. 162-1, colonia Granjas Esmeralda, Ciudad de México
Impreso y hecho en México *Printed and made in Mexico*

A los chancletazos de mi madre.
Al amor por el trabajo de mi padre.

¿Yo? Melibeo soy, y a Melibea adoro,
y en Melibea creo, y a Melibea amo.

Fernando de Rojas, *La Celestina*

ADVERTENCIA

Esta obra rescata las memorias de una mula. El autor escuchó de viva voz los momentos más intensos de una mujer que arriesgó su vida y su libertad por transportar drogas dentro de su cuerpo, y cuenta con autorización para contar su historia a través de una novela. No se revela la identidad de la protagonista ni de quienes la rodean; asimismo, algunos personajes y sucesos se modificaron con propósitos narrativos.

I

IVAMAR SANTOS

1

Aún sigo pensando que aquel año escolar fue inolvidable, sin duda el mejor de todos.

Desde entonces, los hombres comenzamos a usar pantalones de vestir azul marino, y las mujeres, faldas del mismo color terminadas bajo sus rodillas. A pesar de la disciplina característica del colegio, del cual nunca supe con certeza si era para futuros diplomáticos de Venezuela o para futuras presidentas en agraz del celibato nacional, fueron incontables los recesos en que jugábamos cartas a mitad de las escaleras, mientras esperábamos el descuido de cualquier jovencilla sosegada. Amaury Paredes, con la reciedumbre y creatividad que siempre lo caracterizó, había cortado un pequeño espejo con el cual cuidaba su discreción: lo colocaba justo al lado de las cartas de azar y, a diferencia de nosotros, sólo tenía que bajar la mirada hacia el recortado cristal para maravillarse. Esto duró hasta que mi madre, con esa habilidad divina de saber todo lo malo que hago, me torció la oreja con la intención de hacerme perder la sensibilidad y las ganas. De todas formas, necesitábamos un facineroso en el grupo; enhorabuena, Amaury.

Ese año se fomentaron por primera vez las clases de baile con la señora Betania como actividad extracurricular. Todo el mundo se inscribió. Todos menos yo. Para ese entonces (y puede que todavía) manejaba un camión de veinte metros cúbicos cargado de complejos e inseguridades frente a las mujeres. Yo era uno de los que no tenían el valor de ser cobarde, de los pariguayos que se quedaban frente a los ventanales explorando el vaivén de las caderas de Flor, de Alejandra, de Laurita, de Macarena, en fin, de cualquiera. Dejaba a medias mis prácticas de fútbol para ser parte ornamental del jolgorio. En ese tiempo, Manuel Alberto, con aquella mirada burlona que dejaba al interlocutor sin saber si estaba hablando en serio o relajando, le cayó a Macarena en pleno puesto de empanadas. Ella, fingiendo sorpresa, lo besó largamente. Los de alrededor aplaudieron con entusiasmo, mientras yo trataba de tragarme el asombro y media empanada de queso.

Producto de esas clases extracurriculares, durante las fiestas de cumpleaños se bailaba en pareja. Yo bailé en la terraza de Paulita una salsa con Carolina Socías. No quería asustarla, pero parece que eso fue exactamente lo que hice. Parece que, aun tomando prolijamente sus manos y respirando en sólo cinco ocasiones durante todo el baile, lo hice. Para la segunda invitación fue elusiva, argumentando que estaba cansada y que los zapatos desgastaban sus pies. Luego de eso me regaló un largo bostezo sin siquiera taparse la boca. Dos canciones más tarde, la vi bailando. No tensa y cansada como lo hacía conmigo, sino deslizándose en la pista con el sazón de una buena hembra. Reía y aplaudía en el coro de la canción mientras bailaba con Julito Aranguren, hermano mayor de Paulita. Julito era un individuo algo tosco y maltramado, fornido y comelón que, por alguna extraña circunstancia, encantaba a las damas. Tenía él todo lo que yo andaba buscando: pleno dominio del ego a pesar de su baja estatura, ojos saltones y esa boquita chueca en forma de cereza.

En esa misma fiesta, Macarena terminó con Manuel Alberto. Lo dejó por Amaury. Una semana después terminó con Amaury para continuar con Manuel Alberto, y siguió en ese relajo durante todo el año escolar. Muchos se inscribieron informalmente en el juego de Macarena, pero sólo esos dos eran los exhibidores reconocidos. Macarena era una mujer hecha con una contextura diferente: digamos que le temía a cosas mayores que los simples sopapos de su madre.

Pese a mis esfuerzos, no conseguía apuntarme en las clases extracurriculares de baile con la señora Betania. Cada vez que, guardando ciertas formas, me le acercaba, ella se alejaba con cualquier tipo de pretexto: retomar sus clases, corregir apuntes, saludar a alguien. Creo que fue mejor así. Pude concentrarme en el fútbol. Y cabe destacar que ese año fuimos campeones intercolegiales, siendo yo el jugador más valioso. Tuve un efímero momento de fama cuando me galardonaron en pleno acto ceremonial. El trofeo llamó la atención de mi primera enamorada: Rosalinda Montilla. Creo que sus padres se burlaron en secreto cuando la bautizaron con ese nombre. Les quiero describir a Rosalinda de la forma más sincera posible: parecía un monstruo encarnado en Boris Karloff. Ni más ni menos. En una de las fiestas de cumpleaños, Rosalinda entrelazó conmigo por el área del baño. Sujetó mi mano y me ordenó deseosa que entrara con ella. Allí me preguntó qué quería que ella me hiciese. Me advirtió que de allí no nos íbamos hasta que ella hiciera algo por mí. Luego me preguntó si quería que me besara. Supe que no tenía escapatoria. Si aspiraba a salir con orgullo o con vida, algo tenía que hacer y rápido. Si alguien entraba al baño, o nos veía salir juntos, podía ser el chisme del lunes en el colegio. Pronto se me ocurrió la idea. Le susurré que me mostrara las tetas. Y créame usted que los senitos de Rosalinda son los más alegres que he podido ver hasta el sol de hoy.

2

—¿Estás segura, mijita?

—Pero mamá, con todo respeto, ¿usted es sorda o se hace? Yo nunca había estado tan segura de algo. Me las voy a poner sí o sí, lo único que quiero es su aprobación. Ese va a ser mi regalo, tengo casi veinte años y no aguanto más este destetamiento.

La madre, con algo de vergüenza y con susurro atrasado, le dijo que no tenía el dinero para complacerla. Ella, sin dejarla terminar, le contestó que había conseguido el dinero en los días que vivieron en Caracas y que ya se había puesto de acuerdo con el doctor. Era uno de los cooperantes cubanos.

—Y que además, mamá, Casibeo me paga.

—¡El señor Casibeo no tiene por qué pagarte ni una mierda! —gritó doña Sonia agitada—. ¿Qué te ha pagado él? —siguió gritando.

Casibeo era un enigma. Hablaba con medidas pausas, casi didácticas. Había sido paciente de doña Sonia por muchos años. Era un hombre de dos yardas de largo y ancho. De piel ni blanca, ni oscura, ni trigueña. Mantenía uñas largas, oscuras, amarillas y verdes, tanto en las manos como en los pies. Vivía en la soledad del que no tiene a nadie esperándole. Casibeo se había dedicado a vegetar y a ser un asiduo visitante del cine de Gregorio. La tarde en que ella se lo propuso, se había quemado las manos intentando hacer unos guineítos hervidos. Doña Sonia lo atendió poniéndole gasas y cremas a sus dos manos mientras él le contaba con lujo de detalles cómo Sergio, en la película *De mujer a mujer*, había acabado con la vida de todos, incluyéndose. La forma en que Casibeo contaba la historia era como si la hubiese visto. Inventaba hasta los colores de ropa. Doña Sonia terminó de vendarle las manos, no sin antes darse cuenta de que ese hombre necesitaba una ayuda básica. Recomendó a su hija. Estaba cansada de verla vagueando en la casa. Fue interesante ver cómo Casibeo, después de tres suspiros y menear su cabeza extrañamente, aceptó.

—Mañana se la llevo.

—¡No! Mañana es miércoles, que venga al cine de Gregorio.

A la hija de doña Sonia no le gustaba ser puta, pero intuía que, como todo en la vida, era cuestión de acostumbrarse. La primera tarde que se juntó con Casibeo en el cine de Gregorio, el cielo tenía tonos rosados y ocres. Se paró justo enfrente de él y, antes de que saludara, Casibeo le pasó su taquilla. Le aclaró que sólo tenía que narrarle la película. El cine tenía un aspecto decaído y las butacas carecían de tapizado en varias partes. Se sentaron en la primera fila. Casibeo juntó sus dos manos en la espalda del cabezal. La invitó a hacer lo mismo. Casibeo preguntaba detalles tan específicos que aun con los dos ojos bien puestos ella los pasaba por alto. Le ordenaba que le ambientara la acción. Todos los detalles, incluso los más inanes en apariencia, resultaban reveladores. Disfrutaba de su espectáculo reflejando en su rostro las emociones con una lentitud astuta. Casibeo hacía cada cosa a su tiempo y en cada paso parecía revelar el propósito de hacerse sentir. Al salir del cine, buscó la mano de la hija de doña Sonia y esta, con un aire de conmiseración, se dejó tocar. Le hizo un pequeño apretón en los brazos para que caminara con él. A pasos de llegar a la puerta de su casa, Casibeo se detuvo buscando palabras en el aire, hasta que con gestos bien medidos, le dijo que sacara la llave de sus bolsillos. Levantó sus dos manos vendadas. Cuando la hija de doña Sonia abrió la puerta, se encontró con un pequeño comedor oscuro, con las ventanas cerradas y polvorientas. Encima del comedor, decenas de libros. Una cocina a mano izquierda, tres colchones en el piso, una ducha junto con un inodoro en el medio del salón. Atrás, dos mesitas de noche que cargaban unas lámparas sin bombillos. Las paredes estaban en terminación de pañete, con las tuberías eléctricas del techo visibles. Los colchones para dormir estaban forrados por sus ropas y el pequeño abanico de techo soplaba un aire caliente, insoportable. Con cada giro, la cabeza del abanico amenazaba con derrumbarse. La hija de doña Sonia intentó devolverse sin darse cuenta de que ya era demasiado tarde. Casibeo, con esos pasos pesados, tomó confiadamente una silla y se sentó mirando hacia una de las ventanas que respiraban a la calle. Y así, Casibeo aceptaba que su vida es lo que pasa, no lo que se origina. La hija de doña Sonia se decantó por quedarse parada junto a la puerta, esforzándose por permanecer de pie, como si estuviera bailando bachata sobre zancos. Casibeo se volteó a verle, o emuló una mirada. Acto seguido, ella abrió la puerta y corrió.

3

Ese mismo año, Víctor Marconi robó por primera vez la Wagoneer de su padre. Nos fuimos a dar vueltas por las calles de Caracas. Estaba recién sacada de la agencia, era azul con paneles laterales de madera. Pasamos a buscar a Macarena porque Víctor era uno de los anónimamente inscritos. Esa tarde entendí por qué Manuel Alberto, Amaury y todos los demás afiliados formaban parte del juego de Macarena. Era única. Desde que se montó, se adueñó del auto. Traía un pantalón corto blanco. Sus rodillas eran redondas, blancas y pulidas, sus pantorrillas eran de ballet. Se le veía fresca y bella. Su pelo dorado ondeaba con alegría. Me lanzó por el retrovisor una mirada que traslucía una profunda inquietud. Qué diría el profesor Genaro, de Biología, que tanto la regañaba por inmolar las plantas de los germinadores. Creo que, si hubiera podido verla así, la habría perdonado y ella habría aprobado la materia en A. Pero el hecho más eminente fue la llegada, a medio año escolar, de Ivamar Santos, oriunda del hermoso Maracaibo. Su nariz respingadita, aunque más fuerte que afilada; sus pestañas larguísimas que se doblaban hacia fuera formando graciosos arcos. Su presencia llamativa, sin olor, porque no tiene un olor específico, es un color, como una aureola. El cantadito de su acento nos llevaría a otra dimensión. Y a mí, más que a los otros.

Recuerdo su primer día de clases; llegó a deshora. La falda no estaba bajo sus rodillas y supe después que el estropicio de su camisa lo habían causado sus gatos, a los cuales toleraba porque ayudaban al desarrollo de las gemelitas. Ivamar Santos dijo su nombre en alto ese día; el profesor Genaro se lo pidió junto con una pregunta que, con sus grandes ojos ambarinos, trató de contestar. Recuerdo también la primera vez que me habló. Me pidió los apuntes de clases a la vez que se extendió hacia mi cuaderno. Eso bastó para que se me atragantara el cerebelo y mi saliva se transformara en hormigón armado. Y cómo no recordar aquel famoso examen de Matemáticas. Ella lo había olvidado. Cuando regresamos del recreo, Ivamar Santos no estaba. Llegó después junto con el profesor. Se había encargado de tomar todos los lápices del salón de clases durante el receso. Me imagino cómo burló al supervisor colocado en las escaleras. Quizá algo la asustó, de repente ese ruido que suele salir de la nada sólo para interrumpir el silencio. Estoy casi convencido de que en la última mochila hubo un arrebato de adrenalina, o quizá no; conociéndola un poco, quizá fue una sardina para el pescador. Las quejas con el profesor no esperaron y este no tuvo más remedio que solicitar de manera formal tres cajas de lápices Mongol. Cuando la directora aprobó la solicitud, ya era demasiado tarde para tomar el examen, el cual fue postergado para el siguiente lunes. Muchos se quejaron por tener que pasar el fin de semana estudiando, mientras Ivamar Santos yacía tranquilamente sentada con su dulce sonrisa de cimarrona mansa. Flor fue su cómplice en esta artimaña, ella (de chismosa) nos lo confesó.

Claro que yo estaba enamorado de Ivamar Santos como todo un cerdo. Puede que esa sea la mejor forma de enamorarse, como ese animal tan asqueroso, capaz de aguantar un orgasmo de veinte minutos sin caerse muerto. Y quién no lo estaría. Cuando fue invitada a la fiesta de cumpleaños de Laurita, ella consiguió ser la más esperada de la noche. Captaba la luz, como dicen en el cine, mejor que las demás. Ivamar Santos bailaba como si nunca fuera a desaparecer del centro de nuestras miradas. Alzaba los brazos mostrando el ombliguito hecho de coco tierno. Movía sus hombros y cintura de manera que todo su

cuerpecito curvilíneo parecía vibrar e incorporarse al baile. Ivamar Santos, eso sí, no bailaba con hombres. Muchos la invitaron
a salir y a todos los rechazaba. Tenía todo un equipo de pariguayos a su merced.

Era, por entonces, la coquetería hecha mujer.

4

Hasta ahora habían visto más de seis largometrajes, esta vez ella compró un refresco colorao. La hija de doña Sonia ya era una experta en las paletas de colores y en las tramas, y en la introducción y en las personificaciones. Era una excelente narradora. De vez en cuando, le daba a Casibeo algunos indicios imprecisos para aumentar el dramatismo; todos falsos, por supuesto. Aquel cine de don Gregorio fue para la hija de doña Sonia no sólo un refugio, sino, además, una etapa inconclusa de su vida. Ella hacía preguntas, hacía observaciones, se notaba interesada, pero todo esto no era más que una forma de abultar la propina por sus servicios extracurriculares. Esas largas noches sólo duraron, justamente, la cantidad necesaria para que ella pudiera comprarse sus implantes. Propinas incluidas.

La verdadera razón de su ceguera sólo la sabía ella, nadie más. Casibeo fue el causante del eterno amor de su vida; para ella, la persona más interesante que jamás existió: José Martí. Casibeo le contó sobre *La Niña de Guatemala*. Ella recordó cuando en Caracas le recitaban poemas. Las tardes en las que pasaba el señor encargado de vender flores, Casibeo le compraba unas mariposas. La mariposa es la nación cubana en una flor, le decía. A ella le encantaban porque le recordaban a Martí. Su blancura representaba sus ideales de independencia y paz. Le sugirió bañarse con ellas, le dijo exactamente qué hacer: poner los pétalos en un recipiente con leche, luego desmenuzarlos y agregarle un poco de sábila.

Le recomendó bañarse con el líquido, traía grandes beneficios. Además de perfumar la piel, preservaba la juventud.

—¿Comenzamos, querida amiga? —continuó.

Casibeo se abrió paso entre la oscuridad, cerró la puerta con gran delicadeza. Tomó su asiento por el respaldo. Aunque había poca luz, la hija de doña Sonia se dio cuenta de que la mano del hombre estaba sucia. El ambiente era musicalizado por diferentes tipos de respiraciones. Casibeo jadeando, inquieto. Levantó sus dos manos desesperadamente.

—Quítame la camiseta —le ordenó—. Quítame, quítame la camiseta. Quí-ta-me-la-ca-mi…

—¡Coño, ya voy!

Casibeo oyó el taconeo y se complació. Su pecho era blanco, peludo. Una cicatriz que ella tocó asqueada cubría la mitad de su espalda. Casibeo se paró en sus chancletas verdes e inclinó el rostro hacia abajo. Su respiración era angustiante, se podía ver el sudor en su frente y gotas en la nariz. Sacudió sus manos desaprobándolo cuando intentó tocarla.

—En mi bolsillo izquierdo hay un dinero. Tómalo. Es tuyo. Tuyo —insistió casi perdiendo la respiración. Entró su mano y sacó veinte dólares. Casibeo seguía de pie, agonizando en cada segundo—. Bájamelo, por favor, bájamelo —decía intentando elevar los brazos hacia el techo.

Por un instante quiso salir corriendo de nuevo, pero intuía que, como todo en la vida, era cuestión de acostumbrarse. Le bajó los pantalones tan despacio que podía oír los pelos de sus piernas despeinarse.

—Despiértalo. Despiértalo. Despiértalo y vuélvelo a dormir. Así. Así mismo. Bien. Muy bien. Tranquila. Así. Bien. Muy bien. ¿Ves?, ya se despertó. ¡Uy! ¡Ya se despertó!

Antes de despedirse, desde la silla frente a la ventana en donde se sentó ya con una respiración calmosa, fue capaz de oler su pelo. Inhaló y suspiró fuerte.

5

Mi madre siempre me ha dicho que deje que las cosas tomen su curso natural, que lo que está pa uno nadie se lo quita, y a mí siempre me ha costado creer semejante cursilería. Pero la habilidad divina de mi madre carece de fallos. El lunes siguiente nos desayunamos con la noticia de que, por reunión de profesores y demás formalidades, quedaban suspendidas las clases hasta el miércoles. Sin perder mucho tiempo nos reunimos todos en el patio de recreo para planear alguna escapada. Lo normal era irnos a comer cachitos de jamón en la panadería del portugués João, ruletear en la Wagoneer de Víctor y, lo más atrevido que habíamos hecho, irnos al mirador de Santa Fe con una botella de anís que Eduardo le había robado a su abuelo. Manuel Alberto sugirió que fuéramos a la playa. En menos de lo imaginable, estábamos ya aventurados en la vía hacia Playa Pantaleta. Partimos desde Catia y por la carretera vieja de la Guaira vía Caracas. Nuestro guía era Manuel Alberto. Él vivía en Caraballeda, tenía que hacer esa ruta por más de hora y media todos los días para ir y regresar del colegio. De las chicas, pocas se atrevieron a mojarse en el mar. Macarena ejercía su poderosa influencia sobre el resto de las niñas. Las convencía de que se les iba a transparentar la blusa y se les iba a ver todo. En vez de bañarse, se acomodaron debajo de un árbol frondoso donde se repartieron una ración de tostones con queso. Sólo había una niña a la que no le importaban las sugerencias de Macarena y a la que inexplicablemente no le gustaban los tostones. Y esa era, por supuesto, mi maracuchita.

Para Ivamar Santos el asunto fue casi natural. Apenas llegamos a la playa, se quitó los zapatos y las medias, pegando brincos porque se quemaba los pies con la arena caliente. Antes de lanzarse al agua, sin esperar a nadie, volteó su carita de nube bañada de sol y, haciendo uso de sus manos, me invitó al agua. Siempre me pregunté por qué sólo me invitó a mí. Justo enfrente de Ivamar Santos, supe que alguna deuda Dios tenía pendiente conmigo, o con mi madre que tanto le oraba. Mientras Ivamar Santos y yo construíamos un mundo, los muchachos balbuceaban chismes entre ellos. Eduardo me invitó a su conversación.

—Te conviene —me amenazó.

Lo ignoré. Antes de montarnos en la Wagoneer, Ivamar Santos me tomó de la mano provocando en mí apnea y parte de inmovilidad. Tuvimos que volver húmedos y llenos de arena a la ciudad. Y por primera vez, la habilidad divina de mi madre se había tomado unas muy merecidas vacaciones.

6

La vida nunca le dio oportunidades; quizás no las necesitaba. Quizás su vida fue estructurada para servir a los demás y ese martes en la mañana, cuando empezaba a sentirse el olor de las arepas fritas, no fue la excepción. Doña Sonia tenía los pies cansados, aunque sólo había dado pocos pasos. Se apoyaba en un bastón oscuro. Descansaba aproximadamente cada cien metros. Debió echar de menos sus dos sillas plásticas. Fue bien instruida por su hija sobre dónde iba a recolectar el mandado, pero, al salir de la casa, borró por completo. Achaques de la edad, se disculpó como si alguien pudiera oírla. Caminaba con sus pequeños zapatos blancos por las calles de Las Delicias, iluminadas por el escaso cruce de los faroles vehiculares. Entrando al barrio, se topó con un señor que descansaba en una mecedora de madera carcomida. Por la carencia de luz no sabía si dormía o estaba despierto, aunque respiraba como quien ronca.

—Perdone, ¿sabe usted dónde queda la casa del doctor Clemente?

El señor de la mecedora le tiró una mirada lánguida e indiferente, la cual no distinguió a oscuras.

—Perdone, ¿sabe usted?

—¡No! ¡No sé, vieja imprudente! ¡No me joda la vida!

Algo asustada apuró sus pasos inseguros. Por suerte, una persona que se paseaba por allí, sabe Dios haciendo qué, oyó el inconveniente y la refirió hacia la casa. Esa mañana, como la mayor parte de su tiempo, tenía su uniforme de enfermera, profesión que venía ejerciendo desde hace treinta y cuatro años. Era doña Sonia

uno de esos héroes anónimos que pululan por la sociedad. Uno de
sus actos heroicos fue aceptar la petición de Kika Herasme, una
colega que se había casado antes de ingresar al trabajo. Hacía poco
se había estrenado como madre de dos gemelas. Antes de pedirle
el favor a doña Sonia, Kika dramatizó el inicio de la conversación
exigiéndole que le pusiese atención e, independientemente de su
respuesta, no se lo contara a nadie. Le dijo, en medio de uno de los
cubículos de la sala de emergencias, que necesitaba que se hiciera
cargo de sus gemelas. Que si no podía hacerlo la entendería, pero
que no imaginaba una persona diferente a ella. Le dijo también,
sin ningún tipo de sentimiento, que moriría pronto. Al asombro de
doña Sonia, agregó que tenían VIH, ella y su esposo. Le aclaró, con
aquel perezoso e indiferente gesto con el que venía hablando, que él
era portador de la enfermedad, no del virus. Prometió también de-
jarles todos sus ahorros, aunque le advirtió que no serían muchos.

—Todo va a estar bien —le aseguró Kika.

Era una frase un tanto estúpida, porque no sabía qué era todo
y mucho menos si iba a estar bien o no. Antes de que doña Sonia
terminara de recomponerse, Kika dijo que le llevaría a las niñas
para que las conociera y después tomara una decisión. El gallo no
bien empezaba a cantar cuando Kika tocaba en la puerta de doña
Sonia con sus dos muchachitas al hombro. Les había combinado
la vestimenta: overol de jeans con medias rojas y zapatos del mismo azul del overol. Kika, adentrando las gemelitas a la casa, propuso recogerlas al mediodía. El mediodía pasó y Kika no llegó.
El amanecer despertó y tampoco. Doña Sonia tenía más de nueve años deseando que no llegara ya ese mediodía.

—¿Acaso le parezco una vieja imprudente? —le había preguntado doña Sonia al señor que le orientó hacia la casa del doctor.
Cuando se cansó de tocar la puerta, se sentó en el primer escalón
de la casa. Tiempo más tarde, salió el doctor con maletín y anteojos
en mano. Le explicó, sin verle, que las consultas eran en el hospital. Le pidió permiso para cerrar la puerta. A doña Sonia le costó levantarse. Cuando lo logró, no sin que el doctor le ayudase, le

dijo que no venía a consultas. Necesitaba comprar unos implantes. Por cuestiones divinas o mágicas, la expresión del doctor, que hasta ahora había rozado la impertinencia, se convirtió en sonrisa.

—No diga más, entremos. He colado café, ¿quiere?

Si comparásemos la vivienda con una casa ordinaria, esta se quedaría corta en tamaño. Desde la sala se podía ver todo el lugar. Una cocina, una pequeña sala, un baño y una habitación con la puerta entreabierta sostenida por una cubeta de agua rojiza, receptora de goteras, era todo. El sonido de las gotas chocando contra el fondo del recipiente le pareció a doña Sonia un tanto tranquilizador. El doctor Clemente se había ido a buscar el café y ella, cansada de estar de pie, tomó asiento encima de unas sábanas azules que cubrían el mueble de la sala. Cuando el doctor le pasó el café, alertándola de lo caliente que estaba, le lanzó una mirada de soslayo, como si estuvieran pensando lo mismo.

—No son para mí. Son para mi hija. Ha querido tener senos grandes desde que entró a la pubertad, pero ahora creo haber agotado las excusas —aclaró antes de que el doctor pudiera preguntar.

Atisbó doña Sonia el reconocimiento en el rostro del doctor al ver la foto. Definieron el precio de los implantes y el día de la operación. Sin más negociaciones, el doctor se ofreció a acompañarla hasta la salida del barrio, donde tomarían autobuses diferentes. Para despedirse, en vez de conllevar la formalidad que había tenido hasta entonces, le extendió un abrazo queriendo trasmitir un mensaje de seguridad, el cual doña Sonia interpretó a su manera. Una luz parda, no como si fuera el principio de la noche, sino como si apenas estuviera comenzando el día, recibía a doña Sonia entre los callejones. En su camino a casa, fue repitiendo insaciablemente la última conversación que tuvo con su hija.

—¿Qué hay que hacer?

—Lo que sea necesario, mamá. Esa siempre será mi respuesta para esa pregunta.

A cualquiera le fascinan y le asustan las personas que, como la hija de doña Sonia, hacen del destino una convicción personal.

Las que no creen en la suerte y mucho menos en el karma. Esas que tienen una creencia en sí mismas tan real que no puede ser otra cosa que predestinación. No hay quien diga lo contrario: ella llamó su destino. Y esto tenía que pasar. Ella iba a conocer a Yasmín de la manera que fuera, cuestión de tiempo. Que la conociera en la plena sala del doctor Clemente no fue coincidencia.

Llegó más temprano de lo acordado y sola. El doctor todavía no había llegado al consultorio. Había creado en una de las habitaciones de su casa un quirófano malogrado. La llovizna se convertía en brisa, y la brisa, en el escaso aire que soplaba a través de tres ventanas corredizas. Había una camilla de colcha azul, tres batas blancas colgando de un clavo en la pared. Unos perros ladraban desde un lugar desconocido, como si ella los hubiera despertado. El piso estaba manchado. No parecía que fuera de sangre, pero sí que las paredes se habían derretido y esparcido su color por todo el piso. Se arrellanó en el asiento con tanta comodidad que a Yasmín no le quedó de otra que entablar conversación. Le preguntó, formulario en la mano, su edad, lugar de nacimiento y tipo de sangre, con una voz suave, mimada, alegremente baja. Comentaron el embarazo de una actriz y luego siguieron hablando de la farándula nacional. Algo sucedió en ese momento. No porque hablaran voceao, pero hasta el mismo doctor Clemente se asombró de la cofradía. También se disculpó por su tardanza con un gesto que, si no lo repitiera tanto, sería encantador. El doctor Clemente le preguntó el nombre en varias ocasiones y, a poco de decirlo, a punto de caer noqueada por la anestesia, miró a Yasmín, dibujando una pequeña sonrisa burlona en sus labios; seguro se acordó de una película que le gustaba: Santos, Ivamar Santos. El día que le iban a dar de alta, el doctor Clemente le preguntó si tenía ayuda en su casa. Ivamar Santos le respondió que su mamá era enfermera, pero que su estado físico le impedía moverse con facilidad. Prefería no molestar. Pronto, Yasmín le ofreció estadía en su casa.

Su pecho tenía color arcoíris: morado, verde, amarillo. Se quejaba del dolor, su movilidad era cada vez más enervante. Doña

Sonia había optado por ser fría cuando se enteró de que estaba en casa de una amiga:

—Mejor que te quedes por ahí, porque aquí no se te ha perdido nada.

Si algo le llamó la atención a Ivamar Santos fue la comodidad con que Yasmín vivía. Estaba en un apartamento por cuyas ventanas se veía un buen vecindario desconocido. Tenía aire acondicionado, un baño propio. Era un salón extenso, las luces del techo jugaban con la decoración moderna. La cama era amplia y cómoda, capaz de aguantar a toda su familia. Tenía un suelo de madera que en varias partes era adornado por alfombras donde le gustaba frotarse los pies. Una pequeña nevera con leche, embutidos, nueces y agua. Encima, una cajita de medicamentos, cada uno con un postín de cuándo y cómo debía tomarlos. Yasmín le dejó compresas de árnica para la hinchazón y un frasco con algodones. El espacio estaba coronado por una gran acuarela de suaves tonos y pulcra ejecución. Había, además, dos esculturas mitológicas de un aspecto peculiar, atractivo. Afuera, sillones de avellana, muebles brillantes, obsesivamente pulidos.

Ivamar Santos no se podía levantar de la cama, tuvo Yasmín que ayudarla. Anudaron su amistad durante la resaca de la operación. Se dio cuenta de que Yasmín vivía sola, que conducía un coche decente. Yasmín llegó tarde a la fila cuando Dios estaba repartiendo estatura. Madrugó para las caderas y piernas, eso sí. En las mañanas, toda la casa se incorporaba a una música indígena que nadie sabía bien por dónde salía. Habían pasado ocho días e Ivamar Santos no quería irse de allí y, si fuera por Yasmín, se hubiese quedado. En una de esas conversaciones que mantuvieron en la sala con demasiado vino, aguardiente, ron, o lo que sea, Ivamar Santos entendió que no fue hecha para ser pobre toda su vida, que no lo sería más.

Aproveché que el mundo paralelo me aventajaba con buena fortuna para invitarla a salir. Lo hice de forma torpe e incoherente a pesar de las tantas veces que ensayé. Fue antes de tomar el autobús, cerca de la casa de Víctor. Ella enarcó la ceja como si no me creyese, mas no insistió. Escribió una dirección en mi antebrazo.

—Esta pregunta no me la tienes que hacer a mí. Mi madre te responderá —dijo subiéndose al autobús. Al salir de la parada, la llovizna se deslizaba en los cristales del taxi que había tomado. La noche tenía olor a mujer o, mejor dicho, a Ivamar Santos. El chofer del taxi era un joven, a mi vista, de unos veintisiete años. Quise preguntarle si se había enamorado, si deseaba a alguien en silencio, si le habían roto el corazón o si ya había practicado el sexo. El melenudo taxista oía por el radio la trasmisión de algún deporte que no descifré. Al llegar a la casa, ya mis padres y hermanas dormían.

Ivamar Santos vivía en una casa azul donde la pintura se había caído en partes. Estaba justo en la intersección de dos calles. Las ventanas y la puerta principal me miraban desde sus huecos. Sentí tristeza por las personas que pasaron buenos momentos allí. Alguien en la casa era fanático de los Tiburones de La Guaira, o alguien había tenido el mal gusto de colocarles un afiche en la pared del vestíbulo. El taxista me preguntó si salía o regresábamos a casa.

—Entras o nos vamos, flaco —sentenció.

Para evitar el retraso de mi llegada, ocho pensamientos contrariados y nueve pasos largos me llevaron a la puerta principal. Mi corazón se detuvo varios segundos hasta que ella abrió la puerta y me pidió, elegantemente, que pasara dentro. Me deslumbró la claridad. Todo era blanco, quizás demasiado blanco. Parecía un quirófano. La casa tenía varios salones vacíos, como si esperase una gran mudanza. En lo que mi corazón encontraba su ritmo natural, noté dos gatos caminando por el salón del fondo. Eran tan blancos como la sala. Ese animal nunca me ha gustado. Para mí no hay cosa más escalofriante que mirar a un gato fijamente a los ojos, es como mirar a un asesino en serie. Decidí evadir el contacto y fue precisamente por eso que los dos vinieron a caminar entre mis piernas.

Si algo interesante tenía la casa era que todas sus paredes estaban forradas de pinturas de niñas bailarinas de ballet, de todas las razas. Cuando me detuve a observar una de las pinturas, Ivamar me dijo que su mamá era bailarina. Recordó la historia que sufrió su madre en un accidente de tránsito. Ocho clavos en la pierna derecha, combinados con seis meses de recuperación, aniquilaron su sueño cuando apenas tenía quince años. Sentí quebranto en su voz, así que evadí el tema preguntándole cómo había llegado al colegio y ella me respondió que el Estado le había otorgado una beca. Trató de aclararme algo relacionado con la asociación de médicos y enfermeras, pero de repente, cuando iba a mitad de la explicación, se despojó de todo lo anteriormente dicho mediante una mímica de encogimientos de hombros. Apuntó el lugar donde su madre esperaba por mí. Se excusó para atender a las gemelitas que con lloriqueos empezaban a quejarse. Antes de acercarme al comedor, me quedé mirando a su madre a la distancia, esperando su reacción. Ella se paró con esfuerzo de la silla reforzada. Estiró sus brazos hacia mí. Sin mediar palabras, fui lentamente a recibir el abrazo ofrecido. Tanto el comedor como las sillas eran de plástico. Lo primero que noté fue que la silla donde estaba sentada era doble, una silla montada sobre otra. Intuí que por protección. Angelitos morenitos decoraban las paredes de la cocina, bailando ballet en las nubes. Nos separaba un recipiente de cristal que cargaba una manzana y dos naranjas plásticas.

Yo, que soy fiel precursor del laconismo, hablé con la madre de Ivamar Santos como habla un comercial de algo que no necesitas. La doña era una de esas personas que te hacían sentir cálido con facilidad; me saludó con un peculiar y ansioso gesto que denotaba no sólo buena educación, sino el deseo de que me sintiera mejor que en mi propia casa. Quise devolver mis palabras al preguntarle por el padre de Ivamar Santos. Me miró mortificada, se dibujó en el pecho una cruz, luego le pidió a Dios misericordia por su alma. En medio de la conversación tocamos un tema sensible, y más para un niño de quince años. Me confesó que nuestra existencia en la tierra está compuesta por tres vidas.

—Cuando mueres, pasas a una nueva vida aquí en la tierra. Tienes que completar tu ciclo para que puedas morir y, con suerte, ir al Paraíso. El ser humano está hecho de sus propias mitades para enfrentar el complejo mundo de sus arrepentimientos. Entre las tres vidas cumplirás doscientos años. Ni uno más, ni uno menos. Dios es muy justo. Puedes morir de treinta años en una, y de ciento diez en otra. Filibustero en una, arquitecto en otra. Sí crees en el destino, ¿verdad? Yo creo en las energías, bueno, eso ya lo hablaremos en una próxima visita.

No pude disimular mi media sonrisa cuando oí pronunciar *próxima visita*. La doña se excusó por tener que preparar la cena.

—Y sí, puedes salir con Ivamar —agregó, abriéndome la puerta principal.

Subían una pendiente alta llegando al cerro El Muñeco, una vía de escasos tramos pavimentados. Pasaron por un sendero, más bien un camino de herradura, que no ha sido utilizado después de la construcción de la carretera, pues estaba cerrado por rastrojo. Recorrieron tres kilómetros hasta llegar al pavimento. Yasmín estaba vestida con un pantalón ajustado, una blusita pronunciadísimamente escotada, sobremaquillada y con un falso lunar encima del labio superior. En sus orejas, largos pendientes rojos combinados con sus zapatos de fiesta. Once de la mañana. Llegaron a Sabaneta. El perímetro estaba cubierto por mallas de aluminio con pequeños orificios parecidos al puño de Ivamar Santos. A pesar del buen clima, le sudaba la frente. Varios hombres en el techo, desnudos de la cintura para arriba, saludaron morbosamente. Entraron por una pequeña caseta donde primero las revisaban. Unas letras rojas cubrían el antepecho: «Cárcel Nacional de Maracaibo». Una mujer gorda, morena y con gorra las esperaba dentro. Les tanteó el cuerpo y las dejó pasar. Yasmín la llevaba agarrada de la mano, franqueada por los *motores*: un grupo de escoltas que trabajaba para el jefe de la prisión, y cuando digo *jefe* quiero decir *el Pran*, el interno que comanda la prisión desde adentro, y cuando digo *el Pran*, quiero decir al que le entraban el pago del *obligaíto*. El *obligaíto* es lo que cada recluso desembolsa por droga, comidas extras, por los sicariatos que se planificaban entre los muros, cobros de vacunas, tráfico de armas y extorsiones. Básicamente, es lo que se paga por vivir allí.

Ivamar Santos había escuchado cosas feas de la cárcel de Sabaneta. Se imaginaba un túnel oscuro y tenebroso, una incomodidad inhóspita y sobre todo hambre, mucha hambre. Pero no era así. Era como ver un liceo con su cancha de voleibol. Era como entrar a un lugar grande, con pilares inmensos y en donde no se comía cuento para hacer una rumba. Había una discoteca. Tascas. Sitios donde se vendía drogas, armas, una ferretería y un minisupermercado. ¡Los niños! Tantos niños caminando por esos muros verdes y sucios. Eran hijos de los internos y allí vivían con ellos, muchos, muchísimos, más de cincuenta. Todavía tenían puestos sus uniformes de la escuela. Ivamar Santos quiso mirarlos y uno de los motores le ordenó, con modesta rudeza, que siguiera caminando. Ya en la habitación del Pran, cerraron la puerta. Yasmín soltó la cartera en un sillón de cuero marrón. Bajó la cabeza para subir su mirada lentamente. Un preludio silencioso, y con raro erotismo, hizo que Ivamar Santos se incomodara. El Pran fue caminando hasta que se puso a pocos centímetros de Yasmín. Hablaron bajito, Ivamar Santos no pudo escucharles. Luego, se besaron con desmedida pasión. Le llamaban *Malafé*.

—¿Y esta quién es? —preguntó, auscultándola con la mirada.

—Esa es mi pupila, chamo, ahora te vamos a entrar doble —dijo Yasmín sin despegar las dos manos de su cuello.

Tenía los labios secos y su corazón se oía palpitar. La celda estaba limpia, era mejor que la habitación de Ivamar Santos, por supuesto. Una sala-comedor, un baño, un respetable librero y una cama grande para su cuerpecito. Malafé no llegaría a los cinco pies. Yasmín, la noche anterior, cuando hablaban de los hombres, en medio del vino, aguardiente, ron, o lo que sea, le confesó su amorío con el Pran de Sabaneta. Le dijo que se lo presentó un amigo de su primo. El primo sabía claramente lo que Yasmín quería: reales. Le salía mejor ser su mujer que su puta, así tendría protección dentro y fuera de la cárcel. Lo había conocido cuando él tenía veintinueve y Yasmín, veintiséis.

—Está en el área de máxima seguridad y me quiere. Lo sé. Si no me quiere al menos me necesita. Yo le entro la droga a la cárcel y después él la vende al precio que le dé la gana. La primera vez que lo vi estaba nerviosa. Muy nerviosa, te digo yo. Me enviaron un mensajito al celular que debía darle apenas entrara a la habitación. Imaginé un hombre grande, gordo, negro, con muchas cadenas, trenzas en el pelo, rudo, agrio y con problemas para hablar fluidamente. Si se pudiera antonisar lo dicho, tendrías bien claro quién es Malafé. Podría haber pasado por jockey.

Yasmín hizo un paréntesis para decirle que Malafé era un gran conocedor de caballos, leía mucho la revista *Racing Form*, era un apostador empedernido, pero ganaba más de lo que perdía.

—El director de la prisión fue quien me llevó donde estaba —continuó—. Ese día no me quiso pagar porque él sólo pagaba por mujeres operadas y como ya me ves —Yasmín se golpeó su pecho plano.

Bien sabía Yasmín que, para no terminar muerta o jodida, como todas las que han estado con Malafé, debía ganarse su confianza.

—Bueno, mira, te explico. No, espera, no es así. No, no, es, no, tampoco. ¿Vas a dejar que te explique? Pues cálmate y déjame hablar, ¿sí?

Unas personas, las cuales Yasmín nunca veía, le dejaban el cargamento en uno de los basureros del patio de su casa. El doctor Clemente tenía gran flexibilidad con su horario. Yasmín le había aumentado su clientela.

—Es que imagínate, todos los motores tienen mujeres. Las quieren bien sabrosas, tú sabes, bien ricas. Mañana en la madrugada me vas a ayudar a entrármela. Sí, chama, por Dios, cocaína. Bueno, también, pero no me gusta tragar, yo lo hago de otra forma: la entro en un guante de látex. Como soy la que los compra para el doctor, se me hace fácil. La prenso. Lubrico. Y ¡pa dentro! ¿Cómo que pa dónde? Pa tu bizcochito.

Yasmín empezó una fuerte risa que terminó en tos.

—Mañana me ayudas. Ya hablando en serio, tú sabes que eso es un músculo, se adapta. A ti quizás ya te ha pasado, o bueno, eres muy pequeña todavía. ¿Veintidós? ¿Y cuántos has tenido? ¡UNO! ¿Sólo uno? ¿Pero y por qué? Chama, dale vida a ese cuerpo, suelta, suelta, comparte.

Ivamar Santos trató de sonreír, pero lo que le salió fue una mueca media rara. Yasmín se le acercó, ahora compartían el mismo sofá.

—Mira, te pasará. Encontrarás grandes, pequeños, de todo. Y verás que por más grande que sea, te vas acostumbrando. Es un músculo, como te dije, y se adapta a lo que quieras. Eh, ¿cuánto?, depende, entre ochocientos gramos a un kilo. No, eso no es nada. Tú comenzarás, si quieres, con doscientos gramitos. No, no, ellos son los primeros que lo saben. Chama, yo creo que hay una especie de pacto entre Malafé y ellos. Yo creo como que Malafé tiene que mantener la tranquilidad, un orden dentro. Lo que él haga o no haga no les importa; digo, claro, también Malafé tiene que pasar su nominilla, si no le caen. Una cosa así fue que oí.

Después de un tiempo y mucho esfuerzo, reuní durante cinco semanas todo el dinero de la merienda para alquilar la Wagoneer del padre de Víctor Marconi. Fue la mejor inversión de toda mi vida. Pasé a recoger a Ivamar Santos a dos cuadras de su casa en Chacao. Fuimos directo a la matiné de la Castellana. Llevaba puesto un jean nevado con pequeñas mariposas dibujadas al dorso y una blusa de tiras amarillas debajo de un abrigo fucsia. Esa tardecita le pedí empate justo después de comer el helado a la salida de la matiné, en la heladería Tutti Frutti, pero antes Ivamar Santos vio el parque Tolón. Entusiasmada, corrió sin esperarme. Me hizo montar en La Oruga, un trencito mecánico que simulaba un enorme gusano verde. Sin comprar los *tickets* respectivos, nos pusimos en la fila y saltamos la barandita sin que nos viera el vigilante. Nos montamos en el último vagoncito. Ella, muy valiente, levantaba los brazos en las curvas cuando el tren tomaba más velocidad, mientras yo disimulaba lo asustado que estaba.

Nos sentamos en una esquina del local rosado y psicodélico, alejados de las pocas personas que pedían helado. Ella acercó su silla a la mía hasta que nuestras rodillas se encontraron. Me dio las gracias con una delicada voz de princesa. Le dije, sin pensarlo demasiado, que quería ser su novio y que me encantaría que ella fuera mi novia. Después de mantenerse en letargo, me explicó con un tono de voz como si me estuviera pidiendo disculpas, que no podía. Que su madre no le permitía tener novio hasta quinto año. Prometió que la convencería, pero que al menos esperase hasta el final del verano.

—Si no te tardas, te esperaré toda la vida, maracuchita mía —susurré rozando su oreja con mis labios. Me besó dos veces en la mejilla—. Te quiero, maracuchita —le dije. Me contestó que no dijera tonterías—. Te juro, te juro que te quiero.

—Tonto chamo —fue lo único que me contestó.

Tenía los hombros cubiertos de pequeñas pecas. Me dejó besarlas de camino a su casa, mientras oíamos a Guillermo Dávila. Te pareces a Guillermo, me dijo. Y aunque nuestra única similitud sea el blanco de las pupilas, le creí. Antes de despedirse, me dio una palmadita en los brazos, un frágil golpecito, más parecido a una caricia que a una despedida. Esa noche llegué a casa y dormí pensando en ella, en su cantaíto al hablar y en cómo todo lo explicaba usando sus manos. Mi norte se iba orientando a su mirada.

Maracaibo crecía como una semilla que asoma sus cotiledones al sol. Crecía en el húmedo rocío o en la lluvia que, aunque amenazaba continuamente en descargar corriente, dejaba pasar a ratos una luz bermeja para reconfortar la vida. La ciudad estaba en las alegrías de las sombras, en el malabarista sin manos, el cantante lírico sordo. Creció a pesar de sufrir los retrasos de sus primeras semillas. Sus cotiledones se marchitaron para darle paso al tallo, teniendo sus ramas y hojas absorbidas por el subsuelo hasta convertirse en savia. A todo esto, Maracaibo crecía. Ivamar Santos, también.

La misma mujer gorda, morena y con gorra la examinó con esmero. Yasmín esperaba por ella al otro lado del punto de seguridad.

—Abre las piernas

—¿Cómo?

—¡Que abras las piernas!

Separó sus dos zapatillas que hasta ese momento habían estado pegadas la una a la otra. La mujer gorda, morena y con gorra fue arrastrando sus manos rollizas desde la entrepierna hasta el tobillo. Antes de pasar a la otra pierna le preguntó si había algo que le quisiera decir. Realizó el mismo movimiento con la otra pierna. La mujer gorda, morena y con gorra golpeó sus nalgas de abajo para arriba. Ivamar Santos no dijo media palabra. Siguió auscultándola hasta que en un «descuido» le topó su sexo. Aunque el espanto no dejó que Ivamar Santos reaccionara, Yasmín alertó a los motores, los cuales no dudaron en gritarle todas las obscenidades imaginables. Aunque la mujer gorda, morena y con gorra no se disculpó, la dejó pasar. Malafé estaba recostado en uno de los sillones de la habitación, leyendo un libro de superación personal. Yasmín esperó a que el oficial saliera de la habitación para contarle lo sucedido. Malafé escuchó sin dejar de leer el libro. Ambas comenzaron a expulsar los dediles de su cuerpo: Ivamar Santos soltó cuatrocientos gramos. Cuando terminó de leer, de hacerlo con Yasmín, de tomar bastante agua, de ducharse y cambiarse, Malafé se sentó en la sala donde Ivamar Santos lo esperaba. Hablaron del buen trabajo que ella venía realizando para la organización. Repasaron todas las ganancias que había acumulado en sus meses de trabajo, le prometió un aumento en las comisiones. Le preguntó si podían verse al día siguiente. Ivamar Santos asintió con la cabeza.

—Y apréndase algo que para usted, que está tan joven y en este negocio, pudiera ser su principio bíblico: cuando le entren el dedo en el culo, róbeles el anillo.

Supe que ir a clases no sería igual, y no serían precisamente los preparativos para los exámenes finales lo que cambiaría.

Ivamar Santos comía conmigo en los recreos. Nos organizábamos en el área de los columpios. Ella les tenía miedo, pánico. Cuando era pequeña había enredado sus trencitas en unos de los tiros del columpio, provocando el corte de la mitad de su pelo. Se enredó y se cayó. Me enseñó una cicatriz en su codo izquierdo, la cual besé con esmero. Curiosamente la cicatriz tenía forma de oruga. No sólo cambió el sitio en donde comer: mi maracuchita hizo que Víctor cambiara su asiento por el mío. Quería estar tan cerca de mí como se pudiese. Lo que no dejaba de sorprenderme era la irregular amabilidad de Víctor al aceptar cambiar su asiento. Ella se quedaba en el colegio después de clases para tomar tareas todos los lunes y miércoles. Por desdichado, esos días tenía mis prácticas de fútbol.

Yo escribía más en las notas que nos pasábamos a escondidas que en mi cuaderno de clases. Ella escribió nuestros nombres en la portada de una libreta blanca azahar que había comprado. Allí nos enamorábamos. Memorizaba poemas de Rubén Darío y los descargaba en la libreta. Le decía que yo los había escrito, que ella me había inspirado. Su preferido era *Cuando llegues a amar*. Juro que si pudiera elegir un paisaje sería ella, ella, con el mejor oficio jamás existido: amarla.

Llegó mayo, e Ivamar Santos, como toda Venezuela, seguía alborozada por la visita de su santidad Juan Pablo II. Cada vez que podía interrumpir nuestra conversación, recordaba en voz alta cuando Su Santidad fue a Maracaibo. Su madre y sus nuevas hermanitas tomaron un taxi rumbo al Aeropuerto Internacional «La Chinita» y, respetando la cercanía, lo vieron bajarse del avión de Viasa, con el resplandor y la pulcritud que se habían imaginado. Decía Ivamar Santos que cuando Su Santidad la vio, le alzó las manos. Repetía ese momento en su cabeza una y otra vez. Cuando hablaba de Su Santidad, tomaba el crucifijo que colgaba de su cuello en sus pequeñas manos. Me dijo que era lo más bello que había visto en toda su vida. Era una exageración, por supuesto, pero no estoy tan seguro que exagerara a propósito.

Para Ivamar Santos dormir era apartarse del mundo. Cuando por alguna razón lo que soñaba perdía el sentido natural, lo desenmascaraba. Poseía la habilidad de desadormecerse cuando quisiera. La envidié. Cuántos maratones nos habríamos reservado yo y el Jack Nicholson de *The Shining*. Por lo menos en los sueños nunca llegaba a matarme. Ella podía dormir en cualquier cama, mas sólo con su almohada. Decía que era el elemento más importante en su vida. Tenía años haciéndola suya, dándole esa forma tan especial que le transporta al sueño. Ella quería conocerme como conocía a su almohada, y yo la dejé. Estiraba mis labios usando su índice y pulgar como pinzas. Me pedía un habláíto dominicano, una *vainita*, me decía risueña; cómo no complacerla. Le conté de Luiyi, mi vecino, mi amigo de Santo Domingo. También le dije que don Marino y Luiyi fueron los únicos porqués de mi resistencia cuando mi madre decidió, en modo de dictadura, apoyar a mi padre en su nuevo trabajo como vicecónsul en Venezuela por la República Dominicana. Fueron miles las tardes polvorientas y ventosas que pasé con Luiyi dedicadas a saltar los techos de casas vecinas. Siempre los contábamos con la falsa esperanza de errar. Eran diecinueve casas, diecinueve techos por saltar. Descansábamos religiosamente en la casa de Evaristo, un carajito que por ninguna razón aparente nos regalaba galleticas Guarina.

Mi relación con Luiyi era una práctica del masoquismo en su pura expresión. Si no hacía las cosas como y cuando él decía, teníamos que pelear, y pelear con Luiyi era todo un acto de valentía. Cuatro años, veinticinco libras y medio pie más alto que yo, apostaban a su favor para la unánime paliza. Con el tiempo aprendí que era mejor negocio no resistirme y sólo aguantar uno o dos golpes; a mi indiferencia, él paraba. Aquella noche, faltando pocos días para irme a Venezuela, me ordenó acompañarlo a buscar un dinero que una persona le enviaba a sus padres. El destino era una casa de la avenida Anacaona. Nosotros vivíamos entre la avenida José Contreras y la avenida Independencia, en la calle El Portal. Era de noche y teníamos que atravesar todo el parque Mirador Sur. Prometió que lo cruzaríamos tomados de la mano y que correríamos para reducirles las posibilidades a los atracadores. Rara vez el cielo de Santo Domingo está estrellado y esa noche lo estaba, cosa que me dio una mala impresión y mi mente reaccionó listando un sinnúmero de posibilidades de peligro y muerte. Subimos toda la escalera de piedra hasta llegar al parque. Caminamos entre los arboles negros. Me convenció porque me dijo que no íbamos a correr, acto seguido, me empujó al suelo y corriendo gritó: «¡Estás de tu cuenta, corre por tu vida!». Mis piernas rozaban la espalda y esa fue la vez que más he clamado a Dios. El amargo que me subía por la garganta era como si el corazón me fabricara acíbar en vez de sangre. Cuando llegamos al otro lado, negó haberme empujado. Lo decía tan serio que cualquiera diría que no había mentido en su vida. Aparte de toda su bellaquería, mi amistad con Luiyi era sinónimo de risas, y cualquier persona que te haga reír con facilidad vale la pena. Siempre estaré endeudado con él por haberme enseñado el sabor del milagro: aguacate con pan.

Cuando terminé de contarle, Ivamar Santos hizo un gesto de desaprobación. Hasta haciendo esa mueca extraña seguía siendo hermosa.

12

Justo ese día, doña Sonia cocinaba arroz, frijoles negros y pollo. Las gemelitas participaban en una excursión escolar que no terminaría hasta bien avanzada la tarde. Comieron en silencio hasta que su hija le dijo que quería remodelar la casa. Pensaba en un segundo piso para tener las habitaciones y baños. Su madre seguía comiendo callada, mientras le describía su nuevo hogar.

—Estoy trabajando con el médico de las tetas, mamá.

Doña Sonia dejó caer el tenedor al plato con poca delicadeza.

—¿Y qué sabes de medicina, a ver?, porque no has terminado ni la escuela. Es que ¡mírame!, mírame cuando te estoy hablando, ¿acaso me ves tan tonta?

—Pero cómo que tonta, de qué habla, le estoy diciendo que trabajo con el doctor Clemente, porque estoy trabajando con él. Soy su asistente, yo y la muchacha que me atendió después de la cirugía. ¿Usted no me cree? ¿Acaso me cree mentirosa?

—Eres mi hija y te amo, pero no te creo. ¿Sabes cuánto vas a ganar?

—Posiblemente dos mil quinientos bolívares.

—¡Válgame Dios!

La vida por lo general se presenta en forma de embudo. Quiero decir, al principio nos regalan opciones hacia posibles inclinaciones que podamos tener. Se pueden probar todas. Poco a poco, el embudo se va estrechando hacia un camino, el cual consciente o inconscientemente vamos atrayendo. Ivamar Santos siempre tuvo el suyo comprimido. Un solo camino que para su suerte fue el mismo que ella andaba buscando. Quería ser pobre por lo mucho un día, porque eso de serlo todos los días ya la tenía cansada. Malafé estaba terminando una carta cuando uno de los motores le avisó de su presencia. Él vestía con poca ropa. La invitó a sentarse y a tomar agua o jugo. Ella rechazó las bebidas.

—¿José Saramago te suena?

—No.

—Un hijo es un ser que Dios nos prestó para hacer un curso intensivo de cómo amar a alguien más que a nosotros mismos. Mi madre no podía tener hijos. Le oró a la Virgen de Fátima durante seis años hasta que le hizo el milagro. Aquí estoy. Aprendí a caminar cuando tenía dos años y medio, así de sobreprotectora era. Murió de cáncer cuando yo tenía nueve años.

Malafé le contó de su hija, Laura. Necesitaba enviarle una carta. Le preguntó si alguna vez había tragado. Ante su desconcierto, Malafé le preguntó directamente si podía tragar las drogas en vez de succionarlas por la vagina. Ivamar Santos no le miraba a los ojos, tenía su vista fija en una manzana decorativa.

—¿Estarías dispuesta, mi querida?

Ante el silencio, Malafé agregó:

—Tú piénsalo, de todas formas yo voy a ir adelantando los procesos. Quiero que me lleves esta carta y quinientos gramos. No es nada, cincuenta cápsulas de diez gramos cada una. Ojo, óigame bien, querida Ivamar, mucho cuidado con comentarle algo de esto a Yasmín. Sea la que sea su respuesta, ella no se puede enterar de esto nunca, óigame bien, nunca. Pero una cosa le digo: en este favor la necesito. Le doy tiempo pa que piense bien.

Decirle que no a Malafé era como firmar una sentencia de muerte. Ivamar Santos lo sabía. Sabía también que así como Yasmín obtuvo su confianza siendo su mujer, esto era una oportunidad para formar parte de su círculo. Se tomaría menos de tres meses para contestarle. Pasaron con gran naturalidad y formalidad los encuentros que tuvieron en Sabaneta durante ese tiempo. En una semana podrían ir cuatro veces aunque formalmente sólo se permitiesen tres visitas al mes. Ivamar Santos tendría ahora una cuenta de banco. Ellas, las dos, tomaban el pago de Malafé para depositarlo en la cuenta del doctor Clemente, con cualquier asunto y nombre, falsos, por supuesto. «Pago de liposucción de Ana Villanueva», por ejemplo. El doctor, aparte de retener una comisión, le hacía un cheque formal con el concepto «compra de implantes». En Maracaibo, por lo menos en el año 2000, no había una fiscalización tan exhaustivamente rigurosa. La construcción del segundo piso de la casa estaba casi por terminar. Sólo faltaban las instalaciones eléctricas y sanitarias. Habían colocado los pisos y estaban dándole la segunda mano de pintura al interior. Vivían en el barrio El Museo. Decir que las instalaciones las hizo una compañía sería demasiado. Las hizo un señor cuarentón con un estupendo bigote negro que se echaba para abajo. Ivamar Santos le respetaba porque le gustaba la forma en que usaba las palabras. Parecía que estuviera narrando una historia. El trabajo quedó bien acabado a pesar de las técnicas arcaicas del señor cuentista. El día de la mudanza, doña Sonia llevó al padre de la iglesia para que le echara agua bendita. Durante la oración, Ivamar Santos sujetó el crucifijo con sus dos manos. Sus hermanas estaban arregladas, idénticas: vestido naranja con bordados azules, medias largas hasta las rodillas con zapatos del mismo color, un cintillo, donde Ivamar Santos les tejió una libélula verde en el centro. Unas arepas de carne y queso rallado terminaron la celebración del nuevo piso de la casa.

13

El timbre de recreo nos devolvió a la realidad y al salón. Era el último día de clases. Como de costumbre, las amistades más cercanas usaban marcadores de colores para escribir en la camisa del uniforme un mensaje de fin de año. Estaba a horas de volver a caerle a Ivamar Santos, esta vez me daría el *sí*. Yo la esperaba justo en el medio de la cancha, donde los jugadores centrales saltan para empezar el juego de baloncesto. Todo el mundo bajó sospechoso. Murmuraban ellos, ellas reían con perversidad. No fue hasta que sentí unos ojos mirándome desde el umbral de la puerta principal que me di cuenta de que no volvería a verla. Sus ojos lacrimosos, sus labios breves y la silueta de sus brazos tratando de despedirse me lo dijeron. Intenté acercarme pero ya había comenzado a correr dejando en el aire un llanto de dolor. Fui el último en enterarme. Me imagino el gusto que se había dado Macarena, contando con lujo de detalles y con impuestos incluidos la razón de la partida fugaz de Ivamar Santos.

En búsqueda de la hegemonía de su amor, Amaury le había informado. Incluso le mostró una foto que pudo sacarle cuando estaba desprevenida. Macarena había realizado la tarea de no sólo informarle a todo el curso, sino a todo el colegio. Menos a mí. Quise saber cómo Amaury se las había ingeniado para sacarle esas fotos. Cómo había logrado desnudar a Ivamar Santos y fotografiar su cuerpecito curvilíneo que tanto abracé. ¿Habrá besado los labios que nunca pude besar? ¿Por qué nunca me atreví a besarlos? ¿Quería ella besarme? No hay costumbre más funesta, ni capricho más ominoso, que la especulación sobre las decisiones que no tomamos.

Largas eran las filas de muchachos que por las tardes acampaban en la pequeña caseta con techo de zinc, ubicada en una construcción abandonada a las afueras del colegio. Ivamar Santos era la atracción de los miércoles por la tarde. Pago por adelantando, uno a uno, y por tan sólo tres minutos, les daba acceso Ivamar Santos a los amontonados debajo del sol. Allí los esperaba desnuda.

Sí, al parecer mi maracuchita vendía erecciones como la cafetería vendía las empanadas de queso. ¿Cómo se habrá sentido cuando Macarena la enfrentó con su grupo de arpías? La imagino en esa caseta de zinc, descalza y quejándose por las rocas en sus pies. Estaría parca, avergonzada, fingiendo una sonrisa con labios resecos por el nerviosismo. Bailando al compás de cualquier canción, desnudándose para el deleite de los mocosos. Tendría, quizá, sostenes combinados con su sujetador de pelo. ¿Qué canción escucharían? ¿De Óscar d'León? No creo. Probablemente lo hacía por alguna necesidad especial, su madre estaba enferma, qué sé yo. ¿Se dejaría tocar? ¿Le gustaba? ¿Cuántos y quiénes eran los imberbes?

La historia completa nunca la supe con exactitud, ni la supo nadie. La estela rumorosa la siguió junto con los chismes, conjeturas, irrealidades y fantasías, cuando dejó de existir. Lo cierto fue que Ivamar Santos se había esfumado como la racha de suerte de un jugador compulsivo. Una vez más mi película simplemente se detiene. Es como si las actrices manejaran el guion de una película producida exclusivamente para quebrantarme el alma.

Dicen que uno siempre vuelve a los sitios en los que fue feliz. Un año más tarde República Dominicana cambiaba de presidente, así como mi familia regresaba a su país de origen, y mi padre, a la lista de desempleados. La calle El Portal nos esperaba con los brazos abiertos. Muchos años han pasado. No hay un solo día que no piense en mi maracuchita, en devolver el tiempo y abrazarla. A ella la guardé en mi memoria. Tomó el camino de la izquierda, yo el de la derecha. Puede que el mundo sea redondo.

14

En cuanto Ivamar Santos la conoció, buscó la manera de hacerse amiga de Andreina; así era con todo lo que quería. Andreina era maratonista, bien cuidada y estudió filología en Madrid. Las manos del doctor Clemente se habían dado a conocer en toda Venezuela; mujeres y niñas viajaban hasta Maracaibo a operarse. Ivamar Santos vio a Andreina como la gran entrada a esa sociedad inédita a la que había querido pertenecer desde que empezó el negocio. Aparte de asistirle durante su operación, le regaló una crema para las estrías. Una tarde que volvió para el seguimiento de la operación, quedaron para un café. Otra noche, para unas cervezas. Luego Andreina la invitó al cumpleaños de un amigo en Caracas. Según Andreina, él mismo la invitó. Había visto unas fotos de ella y se había enamorado. Con aquel dichoso amigo, Ivamar Santos tuvo un breve interludio amorístico, si se puede llamar así. Duraron tres fines de semana donde sobresalieron los momentos incómodos y las sonrisas inexpresivas. Todo terminó esa noche en la cual el dichoso amigo estaba solo en su casa. La habitación del muchacho tenía alfombra. Ivamar Santos se quitó los zapatos. Se besaban apasionadamente, intercambiando lengüetazos. En el momento de la acción, ya ella sin camiseta y sin sostén, el dichoso amigo bajaba sus pantalones.

—¡No! Perdona, pero no puedo. No me preguntes por qué, por favor.

Salió de la habitación no sin seguir disculpándose repetidas veces. En la sala cortó la explicación que le daba al muchacho debido a sus llantos. De dolor, de impotencia, o al revés. El dichoso amigo la abrazó y juró ya haberlo olvidado todo. Cuatro días después, no volvió a saber de él.

—Trabajo mucho —se disculpó el muchacho cuando lo vio una vez cerca de Plaza de la República.

Una semana más tarde, Ivamar Santos volvía de camino a Sabaneta. La misma mujer gorda, morena y con gorra la esperaba dentro. Malafé jugaba ajedrez con un amigo que tenía en la cárcel. Era para lo único que salía de su habitación. Él tenía que ir hasta allá porque los internos de ninguna influencia económica, bajo ninguna circunstancia, podían pasar a la custodiada área del plantel. Ivamar Santos, que ya tenía las bolsitas ordenadas y limpias, esperó el pago hasta que Malafé terminó de jugar. Este no se disculpó pero agradeció por la espera. Le dio siete mil bolívares sólo por entrarla, mucho más miles por tragarlas (dieciséis mil bolívares). Ivamar Santos había aceptado llevar las drogas en su estómago, con una condición innegociable. Tendría que salir hoy mismo hacia su destino, no pretendía dar tiempo a delatores. Siempre hay sapos.

—¿Dudas de mí, Ivamar?

—De ti no. Dudo del mundo.

Malafé hizo las llamadas pertinentes: puso todo en orden en apenas minutos. Las llamadas eran cortas y usaba seis celulares diferentes. Coordinó para buscar las maletas en su casa y que le dejaran dinero a doña Sonia y a sus hermanas. El doctor Clemente se los llevó con el pretexto de no haberle pagado el mes pasado. Un señor, que andaba en una Mitsubishi Montero verde, la esperaba a la salida de la cárcel de Sabaneta.

¿Cómo habrá hecho para tragarse las cincuenta cápsulas? ¿Ahora era heroína? ¿Cocaína? ¿Dónde fue? ¿En medio de la habitación? ¿Malafé se subió en una qué? ¿Una escalera? ¿Tan pequeño era? ¿Ah, sí? ¿Desde arriba entraba lentamente las cápsulas en su garganta? ¿Ivamar Santos lloró? ¿Malafé le habrá buscado agua para que tomara un sorbo en medio de cada cápsula? ¿Tosía mucho? ¿Quiso desistir? ¿Le dieron ganas de vomitar? ¿Estaba sudada?

¿Muy sudada? ¿Qué le pasaba por la mente en esos momentos? ¿Y Yasmín? ¿Le creyó esa historia? ¿Se lastimaba la garganta como se lastimaba la pelvis? ¿Tenía Malafé el hombro cansado de sujetar las bolsitas de diez gramos en el aire? ¿Le decía que abriera grande la boca? ¿Será dentista el bastardo ese? ¿Después de tener cuarenta minutos «trabajando» tomaron un descanso? ¿En ese tiempo Ivamar hizo pipí? ¿Qué le dijo Malafé? ¿Que orinara parada para que le siguieran bajando las cápsulas? ¿Bebió agua otra vez? ¿Le dolía la barriga? ¿Malafé le dijo también que no podía comer hasta que las expulsara? ¿Que era por su bien? ¿Le prohibió beber algo con ácido o gaseoso? Pero ¿y si tenía hambre? ¿Cuánto entonces dura el vuelo? ¿Descansó? ¿En lo que ella descansaba Malafé prensaba más las cápsulas? ¿Ah, pues siguieron? ¿Ivamar Santos se había quitado los zapatos? ¿Para qué? ¿Para que pudiera entrarlas mejor? ¿Le tocaba los dientes con su puño cuando las bajaba? ¿Se molestó Malafé en algún momento? ¿Decidió hacerlo ella misma? ¿Era más fácil así? ¿Qué sentía? ¿Sería raro tragarte algo tan grande? ¿No? ¿Sabía qué pasaba si alguna de esas se abría dentro? ¿Le habrá prometido, jurado, que no sucedería? ¿Confió en él? Pero ¿por qué si no lo conoce? ¿Qué le dijo a doña Sonia para irse del país? ¿Pelearon? ¿Sus hermanitas la apoyaron? ¿Le pidieron regalos? Pero ¿y cómo Malafé había hecho para sacarle una visa y un pasaporte a Ivamar Santos? ¿Ah? ¿Varios? ¿Tres? ¿O sea, tres pasaportes visados? ¿Nombres diferentes? ¿Todo diferente? ¿Y la foto? ¿Qué peluca? ¿Y cuándo Malafé le dijo eso? ¿Ella le llevó las fotos? ¿Con quién la mandó? ¿Eran originales los documentos? ¿Entendí bien? ¿Seguro? ¿Toda una identidad completa? ¿Carnet electoral, seguro médico, licencia, todo? ¿Y qué conexión tan grande tenía el pitufo ese? ¿Malafé pidió su concentración? ¿La entusiasmó porque ya faltaban pocas cápsulas? Cuando terminaron, ¿ella se recostó un poco? ¿Le pagó todo por adelantado? ¿Por qué? ¿Porque según él confiaba mucho en ella? ¿Le habrán pedido perdón a Dios? ¿Que después de todo qué? ¿Entendió que era cuestión de acostumbrarse?

No sé, y tampoco me interesa saberlo.

15

La calle El Portal no era la misma, ni yo tampoco. Las casas, por ejemplo, no tenían los mismos colores. Por alguna estúpida razón, el gobierno que apenas se estrenaba regaló cubetas de pintura para homogenizar el sector y como a nadie le costó nada... Había más motoconchistas de la cuenta, vendedores de frutas, y hasta pusieron un Banco Popular en la esquina de la calle Independencia. La vía estaba mejor asfaltada, y a la cancha de baloncesto le habían cerrado los hoyos; seguro fue por la campaña electoral. Don Marino, mi otro vecino, una vez me ofreció cien pesos por durar un mes sin llorar cuando mi madre me levantara para ir al colegio. Lo hice, y al hacerlo me di cuenta del surgimiento de una insolente motivación. Yo tenía posiblemente unos once años cuando el ofrecimiento. Recuerdo perfectamente el día que se cumplía el trato. Cuando quise salir a buscarlo, ya él me esperaba en el vestíbulo de la casa. Don Marino era moreno con pecas blancas. Sus pelos negros y lisos le caían sobre las orejas. Ese día llevaba una camisa azul de rayas blancas con unos pantalones cortos rojos. Andaba descalzo, cosa que me sorprendió. Antes de que yo pudiera hablar, entró sus manos en los bolsillos, fingiendo una carcajada profunda de barítono.

—Te felicito —me dijo.

Los cien pesos estaban nuevecitos, bien coloraditos. Enseñó sus dientes y, aunque eran pocos, estaban blancos. Estiró su mano derecha, pasándome el billete.

—Gracias, don Marino, pero no, gracias —di media vuelta y me encontré con los orgullosos ojos de mi madre.

No volví a llorar por las mañanas, no por don Marino, sino porque entendí que no necesitaba ningún tipo de inspiración absurda para levantarme. En esos tiempos, oí hablar a mi padre por teléfono. No sé con quién conversaba, pero decía algo repetidas veces que me llamó la atención, y creo que influenció en la manera en la que enfrenté la vida desde entonces: «Lo obligao no se piensa», decía y decía.

Después de eso, don Marino y yo mantuvimos una relación diferente, aunque de escasas palabras. De repente entendió, casi de forma mágica, que me podría gustar la literatura. Una tarde de esas en las que mataba el tiempo tirando una pelota a la pared y recogiéndola como si fuera yo un *shortstop,* me regaló un libro. Iba raramente avergonzado. Antes de dármelo hizo una sinopsis del mismo.

—¿Te gusta leer?

Hubo algo en su tono, o en sus ademanes, que me hizo pensar que su pregunta era retórica, una de esas cortesías vacuas que hay siempre en las personas y que no esperan una respuesta sincera. Advirtió que era un poco adelantado para mi edad, pero que me gustaría. Me lo entregó y antes de poder agradecerle se marchó lentamente, como si esperase una reacción, la cual me ahorré. Sigue siendo ese texto, después de tantas obras leídas, el mejor libro de cuentos: *Cuentos escritos en el exilio* de Juan Bosch. Don Marino ayudó a mis intereses por las artes, por la vida. Porque en sus palabras, quien lee y siente, vive dos veces. Lo mismo pasaba con las obras de teatro, pero a esas me acompañaba. Don Marino no tenía carro propio, teníamos que tomar el transporte público mejor conocido como *concho.* La experiencia buena no es, pero si algo tenía don Marino, era su destreza para verle el lado positivo a todo.

—Si Juan Bosch no vive como dominicano, no escribe como dominicano —dijo mientras nos apachurrábamos en el concho.

Seguimos esa relación especial, como le llamaba mi padre, hasta que me fui a Venezuela. Cuando regresé a la calle El Portal, me enteré por voz de su esposa que mi gran amigo don Marino tenía cáncer. Y que aparte de su humor y sus ganas de vivir, se habían llevado su pelo. Yo no quise verlo así. Tiempo más tarde, murió don Marino.

La calle El Portal no era la misma, ni yo tampoco. No sé si la casa se había achicado o yo era más grande. Los muebles se tragaron un desesperante olor a guardado. Había filtraciones en todas las vigas y por mi habitación intentaron fallidamente entrar a la casa. Para joder más la cuestión, Luiyi se había mudado. Enriquito, un tiguerito que vivía por allí, me dijo que se fueron a la barriada de Herrera.

—Orita pagaban meno de casa pa allá —intuyó él.

¡Qué maldita vaina! Llegué a oscuras a la casa, con hambre, con sueño, con de to. Inhala y exhala. Vamos, inhala, exhala. Inhala… y… exhala.

—Mami, mira, yo para Perú no voy, ¡y pa ningún lao tampoco! Diga lo que tú diga, yo de aquí no me muevo. Yo, yo, yo ¡no voy! ¿Pero cómo que papi consiguió trabajo con este gobierno? ¿Él no es perredeísta?

Entonces dijo mi madre las únicas palabras que siempre he deseado que se tragase:

—Tú sabe que tu papá es político, mijo.

A decir verdad, no sé cuándo nació mi aversión hacia los que desaniman al pueblo. Juan Bosch, no. Él fue más escritor que político. Si sus letras hubiesen tenido la fuerza del fémur, capaz de sistematizar un norte en miras a un país con dos únicos objetivos que al parecer son imposibles: democracia y justicia… No, Juan Bosch, no. No hubiese sido político.

—Mami, yo no sé lo que tú va hacé, pero yo de aquí no me muevo, ¿y qué es eso dique papá es político?

—Todos somos políticos, mijo, por Dio, todo es política.

—¡Que no, coño, cállate!

El que se calló fui yo. Me entretuve aguantando el labio superior con los dedos de la mano derecha. Busqué sangre; no había sido tan duro el golpe. Lloré de impotencia delante de ella y no me importaba que las lágrimas recorrieran todo el cuello hasta mojarme la camiseta. Ella estaba de frente con sus dos ojos bien puestos en los míos, sin pestañar. Empecé a saborear el hierro.

—¡Vete a tu habitación, buen freco! ¡Malcriado!

Caminé por el estrecho pasillo hasta mi habitación. Olvidé cerrar las cortinas y por la mañana el sol que estaba más cerca de la tierra se encargó de levantarme y, a la vez, recordarme que me había acostado malhumorado y con hambre, y que juré, y que requetejuré, que no le volvería a hablar a mi madre. Un plato de mangú con bacalao me esperaba en el comedor. Mi madre me ordenó comer y rápido. Se mantuvo cerca, por el centro de mesa de la sala (que una vez intentó lanzarme cuando corría para que no me pegara) para decirme que teníamos muchas diligencias que hacer. Yo le obedecí, claro, estaba cerca del centro de mesa. Esa mañana me hice todos los exámenes médicos posibles, fuimos a inscribirme al colegio Loyola donde cursaría mi último año, pagamos los impuestos para la licencia de conducir y la identidad electoral, comimos pizza, fuimos al Conde para las ropas, me compró de todo y mucho. Mi papá terminó recogiéndonos en la tardecita. El día había rendido. De camino hablamos de lo acostumbrado: de las noviecitas. Eso era siempre. Mi padre, en algún punto de cualquier conversación que tuviésemos, mencionaría a las famosas noviecitas. A los cinco años me decía que tenía que tener por lo menos dos, a los diez subió a tres y ya íbamos que como muy poco, seis noviecitas. Con su cara de preocupación ante mi silencio, mi madre reía. Ella me conocía mejor que él. Subiendo en la camioneta por la calle El Portal, mi padre me dijo que se irían en una semana, ellos y mis hermanas.

—¿Se van?

—Sí. Digo, tu mamá dice que no te quieres ir con nosotros, ¿cambiaste de opinión?

Miré medio asustado.

El día que se fueron no los vi. No podía. Me dicen que el embajador de Perú fue muy amable, me dicen también que en el vuelo, con todos ellos, llegaba el verano. En tardes como estas, cuando el tiempo toma un descanso, me gusta acercarme al malecón. Bajo toda la calle con mirada esquiva. Mientras menos gente vea, mejor. Un aire estrecho, de pobreza, monacal, llega conmigo hasta el banco oxidado en la orilla del mar. Justo a mis espaldas, la Feria Ganadera y la Cervecería Nacional Dominicana. Todo se va. Inhala… y… exhala…

El atardecer aparece como a través de un tul. Una ola gigante es rizada por el viento que la empuja. Dos pescadores están a unos doscientos metros de mi banco grisáceo. Tienen en las manos un hilo grueso, una mezcla de nylon con tela. En la punta, un buen anzuelo. Por más pequeño que sea el pez, aplauden al sacarlo del mar. Así están un poco más de dos horas, hasta que el sol se esconde casi en su totalidad. Reparten las raciones de pesca. A simple vista parece que fuera en porciones igualitarias. Se marchan a sus puntos de venta cargando en sus hombros un gran tronco de madera, parecido a un bambú rústico, donde en cada cierto espacio un clavo sujeta la boca de un pez. Ahora que lo pienso, no sé por qué siempre hago lo mismo. Antes de irme con el anochecer, me pongo sobre los dos pies y cierro los ojos frente al mar. Maracuchita, ¿dónde estás?

16

Ivamar Santos llegó al aeropuerto La Chinita tres horas antes de su vuelo. Recordó a Su Santidad. Antes de bajarse del carro, el señor de la Mitsubishi Montero verde le dijo en un tono confidencial y con voz que fue bajando de volumen hasta convertirse en un contenido susurro: «El caballo que trabaja no tiene tiempo para estar triste». Ivamar Santos se dibujó en el pecho una cruz. En una hoja, Malafé le había escrito paso por paso lo que tenía que hacer en cada momento. Lo llevaba en el bolsillo delantero de su cartera. Un discurso preparado para comunicarse de manera precisa con todo el personal de migración. Mientras caminaba hacia el mostrador podía sentir las cápsulas moviéndose en su interior. Un leve cosquilleo aflojó sus piernas unos instantes. Tomó asiento hasta que sintió seguridad para ponerse de pie. Se entendió con la aeromoza, usó bien las manos. Memorizó el número de vuelo.

Las tiendas comerciales estaban abiertas, varias promociones adornaban los cristales. Las leyó desde el primer banco que encontró para sentarse. Se interesó en unos trajes de baño y unas plataformas rojas con dorado. Apuntó el precio. Casi vomita las bolsitas cuando intentó oler los perfumes. Buscó asiento. Faltaban dos horas para abordar. Aparte del libro de José Saramago que le regaló Malafé, tenía un celular para recibir llamadas y avisarles a sus familiares de su llegada. Para los ojos de Ivamar Santos, todos los que cruzaban por el aeropuerto eran unos pariguayos. Sentía que en vez de verle el pequeño espacio entre su camiseta y su cinturita, le veían todo el estómago lleno de drogas. Sus dos brazos estaban entrelazados, apoyando los puños donde empiezan los bíceps. Alguien que se sentó a su lado la asustó. No porque se dejó caer en la silla como si fuera irrompible, ni porque hablaba del alto costo de la vida, sino porque comenzó a hacerle preguntas que no estaban en el papel.

—¿Es tu primera vez?

—No.

—¡Qué bien! ¿A dónde has ido?

—He ido a muchos sitios.

—¿Estados Unidos?

—Sí.

—¿Dónde?

—Al centro.

Ivamar Santos se disculpó para ir al baño; no volvió. Llevaba un pequeño bolso de mano negro, donde guardó sus nuevos documentos. En uno de sus pasaportes era brasileña y seis años mayor, tenía una visa americana y una europea. En otro, el más sorprendente, había nacido en Texas, cinco años mayor. El último era su pasaporte venezolano original, con visado americano. Este sólo se usaría en caso de emergencia. La peluca rubia que Malafé le hizo poner le palidecía el rostro. No era que hiciera falta mucha cosa para ello tampoco. La señora de limpieza permaneció el mismo tiempo que ella en el lavabo. No pudo durar las dos horas restantes allí dentro como había planeado. Levantaría sospechas. Practicó el discurso. Ahora faltaba entregar el pasaporte y el billete en el último mostrador. Los apuntes para entrar al otro país los tenía en otra hoja, los repasaría dentro del avión. Decidió pasear por las tiendas, tenía miedo a que sus rodillas la traicionaran, y vio entonces el lugar perfecto para refugiarse: una marca de cosméticos ofrecía un maquillado para promocionar su nueva línea. Sentada en una silla director negra, le colorearon el rostro, le ofrecieron pintalabios, delineadores, polvos, mascarillas, humectantes, cremas, rímeles, perfumes, jabones antiarrugas, y al final, por tantas insistencias, los compró. Desde que pagó en la registradora, notó unos ojos que la escrutaban como si fueran miopes o llevaran lentillas sucias, una fija mirada desconcertada, guiñando los ojos para ver mejor. Entonces la mirada levantó un brazo, el brazo libre del café, en un gesto de apropiación y reconocimiento. Era una señora un tanto mayor, con una falda tan estrecha que salían del costado dos grandes cachetes de masa, como si fueran salvavidas. Tomó a un niño de la mano y tiró el café en el basurero más cercano.

—¡Mira! ¡Así te quería encontrar! —gritó la señora, acercándose. Ivamar Santos quedó perpleja con el dinero devuelto todavía en las manos y sin moverse de la registradora—. ¡Robamarido! ¡Zorra!

Ivamar Santos miró cómo los tacones de la señora, muy finos y altos, o bien de aguja, estaban a punto de romperse. Tenía unas piernas fuertes y llamativas. Ivamar Santos empezó a caminar en dirección contraria, y la señora cada vez hablaba más fuerte.

—¡Párate ahí! ¡Ahora sí es bueno correr! —Ivamar Santos estuvo caminando lo más rápido que pudo hasta que la señora se quitó sus tacones y los dejó con el niño, y la empujó por la espalda mientras Ivamar Santos empezaba a trotar—. ¿Y ahora? ¿Es bueno robar marido o qué? —le preguntó.

—Señora, no sé de qué usted me habla —le contestó con los pies tambaleando y una mano en el estómago.

—¡Ay! ¡Ay perdóneme por Dios, la he confundido con otra persona! Ay, espere, voy, tomo un poco de aire, mire que casi me caigo allí. Ay perdóneme, es que mire, mi marido tiene tres días que no duerme en la casa y a mi prima le dijeron que la mujer viajaría hoy con un pasaje que él le compró. Discúlpeme usted. Venga, que yo le llevo donde un supervisor para que vea que todo fue un malentendido. Me dieron una foto, y se parece a usted, pero ahora que la veo bien, es usted más bella, por supuesto, pero mire, mire, cualquiera se confunde, ¿no?

—No, señora, no hace falta —contestó ya abandonando el lugar.

La hora de abordar llegó junto con el cosquilleo que temblaba vigoroso en cada paso. Había una respetable fila para entrar al avión. Empezó un leve punzón en el estómago, un sudor frío. El tripulante movió la boca en exceso cuando le pidió su pasaporte, luego le entregó su billete de avión. Examinó toda la cabina antes de colocar su equipaje en el compartimiento superior. Sospechó de un hombre que estaba a tres filas de su asiento, pero una aeromoza la distrajo ordenándole que tomara asiento. Ivamar Santos estaba en medio del padrenuestro y las diez avemarías de una de las bolitas de su rosario, cuando su pequeño celular negro comenzó a sonar. Tardó varios timbrazos en darse cuenta de que era el de ella. Si no hubiese sido por la señora que le quedaba al lado, todavía estaría timbrando. La llamada entrante sólo tenía cuatro dígitos: 4720.

—*Hola, querida Ivamar. Detrás del billete que te acaban de entregar está el número del chofer que te recogerá. ¡Sh! Tú no hablas, sólo escuchas. Desde que tengas tus maletas lo llamas, él te estará esperado fuera. Relájate. Recuerda, nada ácido, nada gaseoso, nada de comida. Buen viaje.*

Ivamar Santos buscó en los bolsillos de su pantalón: 11B. Sentada y con el cinturón abrochado, sentía que las cápsulas le subían hasta la garganta. Los sentimientos de vómito eminente venían cada vez más seguido. Tenía que aguantar hasta Miami para poder usar el baño, Malafé era supersticioso. Aterrizaron, estiraron los pies. Algunos fueron al baño, otros llamaron a sus familiares. Hizo entonces un remedio que había pensado desde el día que tenía fecha para viajar: pidió agua caliente, se preparó un té de tilo y dentro del té disolvió media pastilla para dormir. Tomó el vaso de un tirón, se quemó la lengua.

17

Cuando terminé el colegio, todos mis compañeros, con los que nunca volví a hablar, sabían exactamente la orientación de sus estudios posteriores. Yo, ni dónde empezar. Mantuve cierta amistad con un muchacho llamado Ricardo Ortega. Sospecho que nuestra amistad tuvo que ver con dejarle copiar mis tareas. Las conversaciones con mi familia sufrieron una metamorfosis: al inicio hablaba con mis hermanas y mis padres diariamente, a veces llorábamos juntos y decíamos con fuerza cuánto nos extrañábamos. Pero ahora no. Ahora eran académicas, como si fueran una asignatura más: lunes, miércoles, viernes y domingos de 10:00 a 10:10 a. m. y, por lo general, eran sólo con mis padres. Dormía en su habitación desde que partieron, y Solanyi, en la de mis hermanas. Solanyi era una morena encendía, de piernas macizas y fuertes. Verla agacharse para barrer la casa siempre era un privilegio. Su piel era tensada, y su cabello ondulado olía a naturaleza, a menta verde de guardia. Tenía, o tiene todavía, unas nalgas más paradas de lo normal, casi encima de su cintura. Le encantaba moverlas mientras limpiaba el piso. Y yo siempre le tenía un buen merengue puesto para que las moviera con gusto. Es sobrina segunda de mi madre. Vivía en Bohechío, un pueblo de San Juan de la Maguana. Mi madre la trajo a la capital para que estudiara por las tardes y por las mañanas se ocupara de la casa. Su madre se llamaba Soraya, y su padre, Ángel; fueron tan creativos como para combinar sus dos nombres y jugar con su primera hija. Teníamos entonces casi veinte años. Frente a la casa, en el pequeño monte, unos grillos cantaban afinaíto. Repartía las cartas en el suelo de la galería. Teníamos posiblemente unas ocho o nueve rondas; ella no quería jugar más. Solanyi estaba descalza, sentada de forma tal que las dos plantas de sus pies se juntaban en el centro. Estuve con una mirada perdida, como si analizara de dónde viene el aire, hasta que sentí sus rodillas. Empezó a susurrar una cancioncita que *a priori* no entendí. Mi cabeza se inclinó un poco hacia ella, tomó mi mano derecha y la puso en su muslo. Ahora la oía mejor:

> divertida y traviesa pequeña chichí,
> en problemas siempre andas, cuándo pararás,
> divertida y traviesa pequeña chichí,
> en problemas siempre andas, cuándo pararás.

Solanyi trataba de entonar cada sílaba lentamente. Tenía una falda corta. Una blusita estampada que había visto en otra ocasión. Mientras pronunciaba cada frase, llevaba mi mano hacia el centro de las dos plantas de sus pies. Luego un poquito más. Lo hacía lento, muy despacio. Hasta que no pude ver mi mano:

> divertida y traviesa pequeña chichí,
> en problemas siempre andas, cuándo pararás,
> divertida y traviesa pequeña chichí,
> en problemas siempre andas, cuándo pararás.

Sentí su sexo. ¿No tenía pantis?
   Estiró su cuello hacia atrás, adelantó su cintura.
   —¡No!
   Salí de sus piernas para ponerme de pie y, sin voltearme, fui caminando hacia la habitación. Dormí mal y con el seguro puesto en el cerrojo. Miré el techo negro durante horas.
   Solanyi no lo había hecho espontáneamente. Esa mismísima noche, sin nada que hacer, decidí arreglar el armario donde

se guardan las sábanas y toallas. Cayó al suelo, o estuvo a punto de caerse, una revista verde, con un borde rojo donde en el centro había una fotografía de una mujer infinitamente hermosa. Rubia. De nariz tan bien emulada que daban ganas de besarla. Sus ojos eran castaños y no estaban ni alegres ni tristes. La rubia estaba recostada en unas sábanas blancas, con una mano sujetando su cabeza. Con el brazo libre, pretendía taparse los senos cubiertos por una bata de lino trasparente. Empecé leyendo sus textos que, para mi sorpresa, estaban muy bien narrados. Precisamente escritos para hacer despegar tu imaginación. Entre mis textos favoritos estaban: «En mi cuño», «Aburrida y satisfecha», «Nena malvada» y «Las tetas del siglo». Conocí a quien sería por mucho tiempo, y posiblemente hasta hoy, mi amor incondicional: Traci Lords. No, no sean tampoco muy estupendos, sería injusto compararla con Ivamar Santos, me parece hasta ilegal. Gracias a Traci todavía no me he tirado del puente Duarte. Sus fantasías, sus posturas, la lascivia en su mirada y sus dos piernas abiertas, permanecieron fieles cuando las necesité. Cuando quise descargar mi pasión, refugiarme. Nos veíamos siempre en las noches, todas las noches. Los sábados, domingos y días festivos aumentaban nuestras citas. Regularmente, tres. Quiero a Traci, claro. Pero no la comparen con mi historia de casi amor. Bueno, casi no, porque yo la amo mucho y con el alma. Ella también me amó, o me ama, pero a su manera.

No oí cuando Solanyi me llamó. Ella dijo que también tocó la puerta y me recomendó limpiarme los oídos. Yo estaba en la primera cita con Traci como debía hacerlo todo buen hombre: entregao. Le daba la espalda a la puerta, sentado en el borde de la cama con mis dos pies topando firmemente el suelo tibio. Tenía puesta una camiseta que me regalaron en una promoción al comprar el aceite para cocinar y, cerca de los dedos de los pies, un pantaloncillo rojo y desbembado. Hacía calor, unas gotas bajaban de mi frente hasta caer en lo que agitaba con ímpetu. Al lado de mi mano derecha, bien conocida por su antebrazo, estaba Traci.

«La sustituta» narraba la historia de una profesora que había entrado al salón por la ausencia de otra (no daba más explicación el texto). En la sala de tareas la esperaba un estudiante. En el segundo párrafo de la narración, empezó a describirse cuándo y cómo entraba el muchacho en el sexo de Traci. Las fotos que rodeaban el texto: Traci encima de un escritorio marrón, mordiendo una regla mientras mostraba sus dientes perfectamente alineados. Traci con una blusa de cuadros azules y rojos completamente abierta. Traci con el cuello y el culo echados hacia atrás. Traci completamente desnuda tirada en los mosaicos del aula. Traci sosteniendo sus piernas en el aire formando una perfecta V. Casi siempre fantaseaba con qué pasaría si le hubiera conocido antes de que ella entrase a este negocio: tendría yo que tener mucho dinero, ¿pero quién limita mi imaginación? Sí, tendría mucho dinero y le habría conocido. Se hubiera enamorado de mí, ¿por qué no? La conocería en un verano. Ella con pantalones cortos de mezclilla y una blusita de tiras blancas. Me encantan las blusitas de tiras, me parecen *sexies*, y juego repetidas veces con la frase en mi cabeza: *a dos tiras de la gloria*. Montaría patines por las calles de California. Se le transparentaría un poco la blusa con el sudor. Yo me le acercaría en un elegante convertible rojo. Tendría puesto un traje negro y camisa blanca, lentes oscuros y hasta tendría suave cabellera. Me miraría y le gustaría. Le diría unas cuantas palabras sin sentido hasta que la invitara a dar un paseo conmigo. Ella aceptaría, se haría la difícil, era difícil —mejor así, *era difícil*—. Por el calor y el cansancio aceptaría. Le brindaría un helado. Después a la casa. Sería una casa de lujo evidentemente, con alfombras blancas en todo el suelo. Una escalera de caracol con losetas de mármol. La invitaría a mi habitación y, como era difícil, no aceptaría. Entonces empezaríamos a besarnos, a hacerlo en la mesa de billar, después en el sofá del estudio y terminaríamos en el jacuzzi de mi habitación. La haría jurar que no se entregaría a ningún otro hombre, apaciguaría de una vez por todas mis inquietudes. En efecto, se había encarnado en mí cierto tipo de presunción que tenía dificultades para imaginar, incluso delante de la evidencia, que una mujer que hubiera sido mía pudiera pertenecerle a otro hombre jamás. Si Traci me hubiera conocido, seguro no habría sido actriz porno, hubiese sido mi mujer. Pero como dice mi amigo Hugo: «*Hubiera* no existe».

Estas historias disminuían rápido su racionalidad e importancia; de repente se volvían estúpidas y hasta me molestaba conmigo mismo por pensar tan reverendos disparates. Bastaba sólo con venirme para que no quisiera saber de Traci nunca más en mi vida. O bueno, hasta la próxima noche.

18

El muchacho que la esperaba afuera era como medio rubio y medio castaño, con muchas pecas en la cara. Flaquísimo. Si lo vendiéramos por libras no valdría un peso. Tenía el pelo desabrido. Se reía con escasa coquetería y sus ojos eran de un verde opaco. Orejas pequeñas, su boca también. Levantó las manos desde el otro lado de la calle. No la ayudó con la maleta. Ella se llamaba Ivamar Santos. No lo hubiera sabido si no le extiende dos besos para presentarse como Oriol, el catalán.

—¿Sabes qué día es hoy? Pues entonces mi regalo, ¿dónde está?

—¿De qué regalo me hablas?

—San Jordi, tía, ¡San Jordi!

El gentío era de esperarse, estaban en el Raval. El *lobby* del hotel era discreto. Oriol caminaba con el equipaje delante. La habitación era triste. Le dio el laxante junto con un vaso de agua tibia. En menos de diez minutos empezó a expulsar las bolsitas. Oriol las sacó del retrete, las lavó y las preparó en una maleta de mano que Ivamar Santos llevaba dentro de la grande. Ambos salieron del hotel, no sin antes hacer el *check out* y llamar a doña Sonia.

Cerca del hotel estaba la Rambla de las Flores, y allí celebraron San Jordi juntos. La Rambla se había convertido en una gran floristería-librería al aire libre. Era una hermosa tarde en Barcelona, de esas en las que el sol juega con las ramas formando tonalidades diferentes. Ivamar Santos vio los rayos del sol imitar el color oro pálido del ron. Oriol le agarró las manos. Fueron a una pequeña cafetería donde Ivamar Santos probó el pan tumaca. Mientras comían, le explicó el origen de San Jordi. Oriol le habló de la fiesta que aúna cultura y romanticismo. Desde que conoció la historia, supo también que se enamoraría de este día para siempre. La Rambla estaba decorada por tenderetes con las últimas novedades editoriales, autores firmando ejemplares, pakistaníes vendiendo rosas, y por la mezcla del olor de páginas y pétalos.

Se dedicaban a pasear directamente a la nada, cuando una llovizna se invitó. Avanzaron sin poder resguardarse bajo las cornisas de los edificios que delimitaban La Rambla, rodeados de una lluvia que demoraba en el acunado de los toldos para volcarse, como a baldazos, sobre sus cabezas. Aquellos edificios no terminaban en la acera, sino que estaban separados por parterres de arbustos y franjas ajardinadas. Fueron entre corriendo y caminando hasta el carro. Esbozaban una sonrisa. Oriol le pasó una pequeña lanilla que tenía en la parte trasera. Se secó a pesar de la incómoda textura.

Ivamar Santos no oyó las canciones de la radio española, no vio todo el camino de la costa catalana. Tampoco vio la piel traslúcida de los bañistas bronceándose sobre las poltronas. Se perdió de conocer el pequeño pueblo de Arenys de Mar, y no vio el camino inclinado y pedroso hasta subir a Arenys de Munt. Ivamar Santos no vio que al principio de la finca había dos entradas: una modesta verja para las personas, y una moderna, abatible, para los vehículos. No se dio cuenta de que tenían dos cámaras de seguridad, ni de los animales que estaban en la finca. Estaba dormida, cansada. Cuando abrió los ojos estaba sola en el carro, delante de una gran casa amarilla construida en un peñasco, desde donde se podía contemplar la inmensidad del mar y, de noche, la iluminación de la ciudad. Enfrente de la casa había dos piscinas, una más pequeña que otra. Todo el espacio frente a la casa estaba cubierto por un jardín cuidado con esmero. Alrededor de la piscina principal no había grama, sino musgo. Todo lo que se sentía era verde. Cerca de las piscinas había una pequeña casa, de unos setenta metros. Dentro, cientos de cuadros: varios bocetos y muchos terminados. Tenían una cancha de baloncesto con tablero de cristal. Cada cierto tiempo, unos perros ladraban.

Oriol había malentendido, creyó que las manos de Ivamar Santos eran de su propiedad, porque no dejaba de sujetarlas, en ocasiones las dos juntas. Cuando despertó, la llevó hacia su establo, cerca de las puertas de entrada. Oriol practicaba equitación y dentro de la finca tenía una pista de prácticas. Tres cuadras, tres sillas, tres cascos, tres pares de botas, tres champús, tres pares de guantes, tres látigos, tres toallas, tres cajas de pasto, tres de heno, tres de alfalfa, tres cubos de agua, tres juegos de herraduras, tres cepillos, tres caballos: negro, marrón y blanco. Le dijo que sólo el negro estaba preparado para competir y que se llamaba Noir. Estuvieron gran parte del atardecer dándole de comer a los caballos, viendo ella cómo Oriol los arreglaba. A Ivamar le gustaba el blanco, y cuando se cansaba de estar sentada, le pasaba la mano por el cuello, no sin algo de miedo. Se interesó por las competencias de Oriol y él le explicó cómo funcionaba la equitación. El sereno se había metido en la conversación, por lo que decidieron entrar a la casa. Caminaron por las losetas repartidas cuidadosamente sobre el césped. Oriol y su mal entendimiento.

La casa era antigua, pero adrede. Un televisor a blanco y negro, una máquina de escribir, y donde debería ir una puerta, lucía un algodonado mantel crema que iba desde la cornisa hasta el suelo. Los muebles eran coloniales en su mayoría. En el segundo piso había cinco habitaciones espaciosas y cómodas. Entre ambos prepararon la cena. Hablaron más de lo que comieron. Oriol contó una vieja anécdota de su infancia en la que, según él, estaba su mito de origen en el mundo ecuestre. Ella habló de sus hermanas y del cine. Ya estaba muy oscuro e Ivamar Santos seguía afectada por el sueño, por el cambio de horario. Oriol esperó a que ella se durmiese para entrar a su habitación, a su cama. Bastó sentir sus pies fríos para que se levantase. Oriol se acercó por su espalda, como si necesitara respirar de su cuello. Le pasó la lengua por los hombros, ella inclinó la cabeza. Sus labios confirmaron la invitación de otros labios. Mordían el deseo, la impaciencia. Ivamar Santos lo abrazaba con sus piernas. Oriol puso la mano encima de su sexo. Ivamar Santos se asustó y deshizo su postura. Oriol, con media sonrisa, siguió oliéndola. Ella seguía excitada, y se dio cuenta de que no tenía pantis cuando los sintió en los tobillos.

—Tipo, tranquilo, bájale dos.

19

Solanyi al otro día estaba como si nada hubiera pasado. Rompía el hielo con comentarios tan exactos que no se podía hacer otra cosa que estar a gusto. Se parecía mucho a mi primo Ismael. A diferencia de todos nosotros, él era blanquito. Vivía en Bahoruco y vino a la capital para estudiar en la Universidad Autónoma de Santo Domingo. Encontró una forma un tanto ridícula para conocer personas: tomaba el periódico todos los días para ver los obituarios. Ismael los anotaba en una agenda con el fin de asistir a los funerales que podía, con la ilusión de conocer personas. Mujeres no, personas. Allí se iba presentando como un amigo del (la) hermano(a) del fallecido. Conoció varias personas, incluso alcanzó su primer trabajo a través de una amistad proveniente de mortuorios. Y como eso era lo que yo quería hacer, fue exactamente lo que hice.

Tomé el periódico de las tardes como referencia, así tendría oportunidad de saber quién había muerto en la noche anterior, y los que murieron en la mañana de ese día. Al principio se me hizo muy atrevido hablar con familiares en momentos sensibles, entonces me orienté a los cumplidores, a los que van a firmar en el libro de condolencias. Cuando el funeral era de un político, era mucho mejor. Más personas, reporteros, curiosos, gente de fácil hablar. En la Funeraria Blandino, antes de entrar al salón donde velaban al difunto, había varias salas de estar en donde las personas hacían todo menos rendirle tributo al fallecido. Muchos cuentan chistes, otros se enamoran, cierran negocios importantes, sacan sus mejores trajes para que les tomen fotos. Cuando moría un político o una personalidad importante del país, siempre veía a la misma muchacha. Y ella siempre me veía a mí. Si digo que fui yo quien le hablé, miento. Si digo que no fue una de las conversaciones más amenas y entretenidas que he tenido en mucho tiempo, también. Tenía veintisiete años cuando la conocí.

Pilar era muy alta, usaba la mayor parte del tiempo unos jeans azules con tenis marrones o negros. A veces usaba faldas largas, con el filo a pocos centímetros del suelo. Bebía tragos fuertes, de hombre, como decía con gran sarcasmo. Tuvo un aborto. Era periodista de eventos y sociales. Tenía un color de piel como de maní tostado. Sus facciones angulosas, de perro salchicha, le conferían cierto atractivo. Me juró que sólo se casaría si era con renovación de contrato cada año.

Pilar era bullosa y hablaba con concienzuda torpeza. Sus labios tenían una que otra cortadura, la cual por ansiedad mordía, y de la nada, mientras hablaba, comenzaba un pequeño sangrado. Sus manos parecían haber pasado por todas las guerras imaginables. Eran ásperas, con roeduras en los dedos. Jugaba rugby. Y si bien es raro que una mujer juegue rugby, es mucho más raro que una mujer periodista juegue rugby en Santo Domingo. Vivió en Nueva York hasta que su madre se cansó del frío. Lo poco que ahorraban lo gastaban en las medicinas, ya fuesen para su tío o para su abuela (tenían diabetes). Hablaba de Nueva York y de sus primeros diecisiete años con gran nostalgia. Pilar era tacaña. Y la justificación que daba era tan pueril que no sé por qué se las cuento: una vez ella estaba en una panadería cerca de su universidad tomándose un café cuando un vagabundo entró.

—No, no tengo dinero —le dijo antes de que este pudiera hablar. El vagabundo siguió como quiera. Empezó a hacerle un truco de magia. Pilar quedó fascinada y el vagabundo se ofreció a hacerle otro. Era más alto que ella, con trenzas que casi llegaban a su cintura. Pilar me contó que, sin temor a equivocarse, la última vez que el vagabundo se bañó había sido hacía dos años. Pilar lo invitó a compartir la mesa. El olor del vagabundo era tan fuerte que para respirar Pilar fingía rascarse la nariz y olía el perfume de sus manos. Le enseñó tres trucos que todavía recuerda. Dice que los veinte pesos que ella le pagó ordenándole un café hicieron que aprendiera la importancia que tienen veinte pesos.

Loca Pilar.

Teníamos casi cuatro horas en la cafetería de la funeraria.

20

En la mañana, Oriol preparó el desayuno: los pedazos de tortilla de patatas que sobraron con café. Ivamar Santos estaba duchada y arreglada cuando bajó al comedor. Después de saludarlo con algo de timidez, con algo de morbo y con algo de sinvergüencería, le preguntó por la hija de Malafé. Él, con la misma displicencia que había puesto la mesa, le dijo que eran pareja.

—No falta nada para que llegue, debemos separarnos —dijo Oriol.

Oriol la saludó con varios piquitos. Parecía un saludo muchas veces practicado. Laura le sonrió a Ivamar Santos. Era una pequeña jinetilla. Su cabello era rubio y las puntas llegaban más arriba de los hombros. Vestía unos sudadores blancos Adidas y una blusa de la misma marca pero violeta. Sonreía mucho y no sólo con la boca. Era ridículamente amable. Laura tenía siete perros en la casa: dos viralatas, dos Jack Rusell, un mastín del Pirineo (el más viejo), un podenco ibicenco y un maneto, todos enfermos. Tenía grandes dotes de pintora, veterinaria de profesión. Arenys es un pueblo pequeño; posiblemente Laura era la única dispuesta a recibir los perros en adopción; si estaban enfermos, mejor. Los perros se esparcían por todo el jardín, cada uno había hecho un lugar en la gran llanura. Ivamar Santos vio cómo Laura bañaba a los perros en la piscina pequeña; le sorprendió cómo los animales se colocaban en fila esperando su turno. Los secó primero con toalla y después con un gran secador. Le enyesó la pierna a uno de los Jack Rusell.

Oriol montaba los caballos e Ivamar Santos fingía leer a Saramago desde su balcón. La vez que se juntaron las dos, Oriol arreglaba las herraduras del caballo marrón. Preguntó por su padre: por su salud, por su trabajo, si tenía novia y, de casualidad, si era ella. Tuvieron una vaga conversación en la que compartieron un café y el comienzo de sonrisas que no cuajaron. A fin de cuentas, Laura no era la culpable. Anunció que le daría la carta ahora porque posiblemente no cenaría con ellos, porque no tenía hambre, porque tenía sueño, porque se iría en tren para que Oriol no tuviera que llevarla.

Muchas horas después, Yasmín la recogió en el aeropuerto La Chinita.

A doña Sonia y a las gemelitas les contó que Barcelona era hermosa. Hay más motores que en Maracaibo y más paz. No se come ni se baila mejor. El congreso médico había sido un éxito. El silicón está teniendo grandes progresos científicos. La transferencia de grasa corporal es uno de los avances menos estresantes. Aprendió que se realiza extrayendo grasa del paciente de zonas como el abdomen, las piernas, los brazos y las caderas por medio de una liposucción, para transferirla a las mamas. Pronto tendría que volver para perfeccionar el tema en otro congreso, ya le avisarían la fecha. El congreso era impartido todo el día: no pudo comprarle ropa a sus hermanas, pero les trajo maquillaje y dulces que compró del aeropuerto. Compartió con doctores y asistentes de todo el mundo. Conoció a un muchacho que le gustó pero que por la distancia no funcionaría. El doctor Clemente fue muy amable con ella y le pagó todos sus gastos. En medio del entrenamiento, hicieron un concurso para las asistentes con un premio monetario. Ella ganó. A Yasmín también le gustó, Barcelona, tuvo tiempo de ir a Arenys de Mar, un pueblito de Cataluña conocido por sus playas. Ella no; estaba muy ocupada en el congreso.

A Yasmín le contó que le hizo bien tomarse un tiempo y conocer Europa. Ahora tenía muchas ganas de trabajar, de ganar dinero. En Italia hacían unas buenas pastas y las pizzas de Nápoles eran mejores que las de Milán. No vio a Su Santidad aunque fue a la Ciudad Eterna. Se tomó fotos, prometió enseñárselas luego. No pudo comprarle nada, andaba con el dinero muy justo. Con Andreina revivió el supuesto paseo en las góndolas de Venecia. También le dijo que visitó la Plaza de San Marcos y bebió un *spritz* en Harry's Bar como ella le había recomendado, tomó fotos, prometió enseñárselas luego. Conoció a un muchacho en un museo, pero que por la distancia no funcionaría. Dejó lo que le compró debajo del asiento del avión. Era una blusa fucsia que le iba a encantar, pero por suerte había comprado maquillaje y chocolates por si le apetecía. A Malafé: «Si Oriol está, yo no vuelvo». A sí misma no se dijo nada, le hacía daño pensar mucho las cosas. Le entregó a Malafé la carta que Laura le había dejado encima del maquillador de la habitación mientras ella dormía. Expulsó seiscientos gramos.

Tres semanas después, Ivamar Santos recibió un mensaje de Malafé preguntando cuándo podía volver a Barcelona.

—Hoy —respondió.

Viajar sin nada en el estómago era una experiencia mágica. Sonreír en los mostradores, visitar las tiendas, probarse perfumes. Caminaba o corría. Le dio los buenos días al de migración extendiéndole la mano para saludarlo. Faltando poco para las ocho de la mañana, bebió un aguardiente que compró en el Duty Free: todo de un solo trago. Lo hizo con gracia pasmosa, con una agilidad que dejó al descubierto su hermosa garganta. Compró maquillaje y la maquillaron. Chocolates. Intentó ubicar con la mirada a la joven que le había pasado el *ticket* con el número detrás del chofer.

—Aparecerá —creyó.

El pequeño celular de Ivamar Santos sonó y vibró.

—*Hola, Ivamar, debajo de tu asiento está el número de la persona que te va a recoger. Recuerda traerme la carta. Que tengas buen viaje.*

Un pakistaní la esperaba en el aeropuerto para llevarla a Arenys de Mar. Era un septuagenario medio sordo, mucho más interesado en terminar el crucigrama del periódico que en sí mismo. No intercambiaron ni diez palabras, pero no le gustaba por la forma en que olía. La esperaría allí y la devolvería a Barcelona al otro día, en el aeropuerto, temprano, porque su avión salía a las siete de la mañana. Laura la esperaba con filetes de cerdo, arroz blanco, con los perros. Lo primero que hizo Ivamar Santos, después de saludar, fue darle la carta. Entró al baño porque necesitaba lavarse la cara. Hablaron del viaje, de Maracaibo. El teléfono les interrumpió: Laura miró su reloj y sonrió, y su sonrisa tan relajada no sólo comunicó que sabía quién estaba al otro lado del teléfono, sino que se trataba de alguien cuya voz había esperado. Apuraron el café por sugerencia de Ivamar Santos, buscó dos hojas de papel y un lapicero para tan pronto terminase de leer.

—Es que hay algo que no entiendo —dijo Laura desde la meseta donde leía la carta—. Tú sabías de esto, es lógico. Pero y tú, Oriol, ¿sabías algo? —Le apuntó cuando él justo entraba por la puerta.

—No sé de qué me hablas —respondió inmediatamente serio, era bastante lógico entender enseguida que, fuera lo que fuese, no se trataba de nada divertido.

Laura empezó a leer en voz alta:

> De todos los seres creados, el hombre es el más detestable. De todas las especies con vida, es la única dotada de malicia. Es el más bajo de todos los perros, el más hambriento de todos los tiburones, el más mezquino, de todos los instintos, pasiones y vicios, el peor de todos. Es la única criatura existente que causa sufrimiento por diversión, a sabiendas del dolor.

—¿Sabías algo, joder? —le gritó a Oriol llenando sus ojos amatista de lágrimas. Oriol trató de consolarla, amparándose en un posible malentendido—. Hostia, a ver. ¡Que mi papá me diga que es un maldito narcotraficante! ¿Qué? ¿Qué, Oriol? ¿Cómo se malinterpreta? Yo lo que quiero saber es si tú sabías. ¡Si sabías que mi papá estaba cumpliendo una condena!

Oriol miró a Ivamar Santos, suplicante, pidiéndole que por favor no lo jodiera.

—Claro que no sabía, cómo iba a saber, por Dios.

Ivamar Santos tuvo la oportunidad de desenmascararlo y a la vez decirle a Laura lo que había pasado la primera vez que visitó Arenys de Mar. Prefirió callar, no por Oriol, sino porque entendió que era mucha información para que la pobre jinetilla pudiera asimilarla en tan poco tiempo. Prefirió callar, porque como dice doña Sonia, «En pleito de marido y mujer que nadie se meta». Salió del salón para jugar con los perros en el jardín. Cuando se cansó de tirarles la pelota volvió a entrar. Estaban los dos tirados en un sofá, viendo una televisión apagada. Con desmedida vergüenza, Ivamar Santos le preguntó por la carta que le enviaría a su padre.

—Este, envíale este. —Laura estiró su dedo del medio lo más que pudo.

El pakistaní esperaba a Ivamar Santos fuera de la casa para regresarla a Barcelona. Eran las veinte horas. Ella estaba en el teatro Club Capitol por una publicidad que vio en el hotel. Le compró el billete de entrada a un pequeño antojo, una joven blanca que tenía en la mejilla izquierda una mancha carmesí en forma de estrella. La obra era en catalán. No se lamentó de haber ido, sabía bien recrear historias y aumentarle el dramatismo. Además, había palabras un tanto parecidas. Se acordó de Casibeo.

Había llegado tarde a casa de Yasmín. Tenía setecientos gramos dentro. La encontró tirada en el suelo, cansada y respirando profundo. No dejó que Ivamar Santos la ayudara a empujar los últimos cien. Los lubricó más de la cuenta. Lo que cayó en el suelo lo tomó y lo volvió a lubricar. Yasmín empujaba con el puño y los dedos, tenía casi medio brazo dentro. Rápidamente, subió los pies hacia el cielo para que las bolsitas se pudiesen ir acomodando. Dejó a Ivamar Santos sola en la habitación para no ayudarla. Había poco lubricante y Yasmín al parecer no la escuchaba. No podía buscarlo porque si se paraba corría el riesgo de que las otras bolsitas volvieran a bajar, comenzar de nuevo no era una opción. Lubricó lo que pudo con saliva.

Llegó otra vez hasta la mujer gorda, morena y con gorra.

Malafé estaba viendo un programa de televisión cuando ellas expulsaban las bolsitas. Yasmín tuvo que ir a la oficina del director de la prisión por un encargo que él le tenía. Seguro una clienta para el doctor Clemente. Malafé apagó el televisor cuando Ivamar Santos salió de lavarse en el baño. Tuvieron una pequeña conversación sobre Barcelona y el pakistaní. Preguntó por Laura.

—Dame la carta.

—No hay carta.

—¿Cómo que no hay carta?

—No. Laura me dijo que no te mandaría ninguna carta.

—¿Y entonces, qué me mandó?

Le enseñó. Estiró su dedo lo más que pudo.

Ivamar Santos no volvió a Barcelona, no volvió a casa de Laura y Oriol.

II

EL PAN DE AYER ESTÁ DURO;
EL DE MAÑANA, CRUDO

1

¿Dónde estás? No, claro que no. Yo fui allí y no estabas. Varias veces. Muchas veces. ¿Por qué me mientes? Dime una cosa, no importa que me duela, no importa, ¿hice algo malo? ¡Mentirosa! También fui allí y no te encontré, y será mejor que te dejes de inventar sitios porque he ido a todos. ¿Te acuerdas de cuando nos enamoramos? Éramos tan pequeños. Ese día de la playa. Siempre recuerdo la guerra: el escote tratando de protegerlas y tus tetas locas por salir. Yo me enamoré de ti a primera vista, a última vista, a cualquier vista. Te enseñé a oír el mar a través de los caracoles y tú me enseñaste la cara de asombro más hermosa del mundo. Me hiciste zambullirme cuando las olas venían hacia nosotros. Te complací sólo por verte mover la cabeza, sacando el agua de tus oídos. Mi padre siempre relajó con eso de que, si quieres saber cómo es una mujer, éntrala de cabeza en el mar. Si al salir del agua te enamora, con mocos y despeines, si te enamora así, pues cásate. Yo estaba dispuesto a todo contigo. Te lo dije y empezaste a reírte como si yo estuviese diciendo algún chiste. Mi cara esperaba una respuesta más seria. Entonces hiciste lo que siempre haces cuando quieres que me olvide de algo: un beso en los ojos. ¿Por qué en los ojos? ¡Qué mejor lugar que en los ojos! Eras sólo una, lo sé, pero parecías una multitud. Jugábamos a ser felices, aún seguimos jugando.

    ¿Cómo hacías para alumbrarte tan bien con el sol? Si algo sabíamos los dos era que nadie te iba a dar lo que vales, salvo yo. Pero eras una ganadora, y para ganar siempre, hay que ser insensible.

Qué dichosa era mi alma, qué dichosa era la noche, nos tenía ahí, solos. Tú y yo. ¿Por qué te fuiste? Merecía una explicación. Un *hasta luego*. Que me escribieras una carta no muy larga, con cualquier excusa, te hubiese entendido, perdonado.

Tengo ya un tiempo pensándote menos. Durmiendo más. Gastando el dinero del psicólogo en comida. En una de las cafeterías que frecuento reconocí a tres amigos periodistas. Hemos ido a jugar baloncesto y a beber cervezas. Me va bien, no me quejo, digo, ya era tiempo. Compré ropas nuevas. Una señora las trae de Nueva York y después la vende aquí, a dos cuadras de la calle El Portal. Es raro saber cuánto se gana, porque para venderlas como nuevas les tiene que dejar las etiquetas donde está el precio, en rojo. La señora es buena gente y deja que le pagues en dos cuotas. No cobra intereses.

¡Ah! ¿Y ahora quieres volver? ¿Pa qué después de tanto tiempo? Ahora que tengo una empresa *in crescendo*, un perro y fui a la universidad. No, ahora ya es muy tarde. Estoy con Mary Paula. Es noble y genuina. No bebe Coca-Cola y, aunque con ella no puedo ver las películas de terror, me acompaña al teatro. Me quiere. Mary Paula es blanquita, un chin más oscura que tú, pero bien. Cuando se ríe, su garganta hace un sonido gracioso. Carga las mejores nalgas que he visto en mi vida. Tiene la dosis justa de cinismo y sus mejores chistes no tienen gracia. En la Biblia hay un versículo que la define: «Engañosa es la gracia y vana la hermosura. La mujer que teme a Dios, esa será alabada». Está en Proverbios 31: 30. Ella también es cristiana. Me hizo inscribirme en el gimnasio, leerme un libro al mes, y no me deja ver pornografía. Me estoy dejando la barba porque le gusta. Bebo jugos de vegetales, jugos verdes, como les dice ella. Entonces no, querida. Lo lamento mucho, pero ya es muy tarde. Estoy casado. Tengo una linda muñequita de un año y dos meses. Es igual a la madre, lo único que tiene mío es el apellido. Ahora me entretengo cayéndole detrás cuando camina, viéndola dormir. Mary Paula le canta canciones de cuna y la niña aplaude y ríe y mueve la cabeza de un lado para otro.

¿A quién engaño? Sabes que miento. Sabes que no puedo hacerlo. Y si tanto sabes como creo que sabes, dime por favor ¡dónde coñazo estás!

Lo bueno de recordar es que siempre va contigo, puedes volver al pasado cuando desees. Lo malo, también.

2

No había motivos para que el futuro dejara de ser futuro y se convirtiera en realidad. El primer lunes de junio, Yasmín encontró un kilo y medio en el basurero del patio. Acordó con Ivamar Santos una hora concreta en su casa. La esperó con una botella de whisky de la cual bebieron varios tragos. A pesar de que en edad eran contemporáneas, Yasmín tenía el rostro mucho más cansado. No por la negrura de sus encías, ni por el cuarteado de sus cuatro dientes frontales, ni tampoco porque sus párpados caídos dieran la impresión de tener sus ojos medio cerrados o medio abiertos, sino que su rostro expresaba tal tristeza que a fuerzas le costaba sonreír. Era como si su edad visible y el aspecto de su persona dependieran absolutamente del entorno al cual ella misma se fue acercando. Ivamar Santos se entró seiscientos gramos. Se quejó por la hinchazón de sus labios y de algo dentro que venía picándole desde hace varias semanas. Yasmín se mostró preocupada: le recomendó un ginecólogo de confianza. Ese día, a Ivamar Santos le dolía mantener las bolsas dentro. Tuvo la impresión que en cualquier segundo iban a caer por sus piernas. Pero todo ocurrió de manera normal. Desde la mujer gorda, morena y con gorra, y el oficial que recogió las bolsitas con las bacinillas, hasta Malafé y Yasmín haciendo el amor o el sexo. Antes de salir de la cárcel, Malafé le dijo algo al oído a Ivamar Santos. Sus palabras debieron de ser bastante fuertes y contundentes porque en pocos segundos, algo motivó a Ivamar Santos para que aceptase su tercer y último viaje a Barcelona.

—Hoy —fue lo único que le respondió a Malafé.

No había terminado el noticiero del mediodía cuando ya Ivamar Santos tenía todo listo para partir. Llevaba en la cartera una bolsa para botar la comida que le dieran en el avión, para evitar así el ojo avizor de las azafatas que, en ocasiones, denunciaban a los que evadían la comida. En su estómago, setecientos gramos de cocaína. Cada uno de los dediles estaba cubierto de dos capas y una última de papel carbón para despistar a los rayos X. Pudo soportar el asco del sabor químico de los dediles y sintió pocas náuseas en las tres horas que dedicó a tragarse las cápsulas. Por un momento se acordó de las clases que le daba Yasmín en su casa: le enseñó tragándose trozos de salchichas, zanahorias y uvas. Pero esto no era lo mismo. Dudó si su organismo atosigado de laxantes para expulsar la droga podría aguantar esa cantidad. Amarrados con seda y sumergidas en miel de abeja, reposaron los dediles en su estómago.

El señor de la Mitsubishi Montero verde estaba bastante hablador. Le preguntó por su familia, e Ivamar Santos le contestó lo que pudo. Sus labios estaban estrellados y secos. Tenía poca saliva e intentó pedirle agua al señor de la Mitsubishi Montero verde, lo que él entendió como subir la intensidad del aire acondicionado. Ivamar Santos volvió a hacer los mismos gestos con las manos, y el señor de la Mitsubishi Montero verde subió la música. Ivamar Santos le ordenó que se detuviese chocando apresuradamente su mano contra el cristal. Se acercó a un desvío lo más rápido que pudo. Ivamar Santos salió del carro e intentó vomitar pero no lo consiguió. El señor de la Mitsubishi Montero verde llamó a Malafé y le describió lo que estaba pasando. Le pasó el teléfono y ella no quiso atenderlo.

—¡Agua! —gritó desesperada.

Había una botella de agua a la mitad en el asiento trasero, se la bebió en dos largos tragos. Ivamar Santos logró recomponerse. Le ordenó poner en marcha el vehículo. El señor de la Mitsubishi Montero verde preguntó hacia dónde se dirigía.

—Al aeropuerto, chamo. Rápido, rápido, que me deja el avión.

Su lengua buscaba saliva entre los dientes y muelas. Vio su reloj. Se dio cuenta de que faltaban casi tres horas para que despegara el avión. Pensó tranquilizarse con media pastilla para dormir y un té de tilo. El señor de la Mitsubishi Montero verde intentó llamar a Malafé, pero Ivamar Santos le tomó fuerte del brazo y apretó sus dientes. Al llegar al aeropuerto, agarró su maleta y empezó a caminar con seguridad hasta la puerta de entrada. Tras pasarla, el aire del aeropuerto, la gente, las pantallas, la marearon más. Caminó una treintena de pasos casi tambaleándose hasta llegar al mostrador. Tenía los ojos quebrados por decenas de diminutas vetas rojas. Tomó asiento en uno de los bancos hasta que logró recomponerse y registrar el equipaje. Malafé le llamaba al celular y ella no le contestaba. Era esta la quinta llamada. Estaba caminando hacia migración cuando se detuvo en un quiosco a comprar una revista para soplarse el aire que le faltaba.

Ivamar Santos perdió la lucidez, quedó aniquilada en el piso.

Ivamar Santos despertó en el Hospital General del Sur con la mente desdibujada, sin poder caminar por la debilidad extrema. El doctor le sacó doce dediles del aparato digestivo, sin contar la cantidad vertida en su sistema estomacal, originándole una severa intoxicación. Para revivirla, le aplicaron dos tandas de choques eléctricos que le quemaron la piel y le abrieron una cicatriz profunda. Ivamar Santos, horas más tarde, le dijo al señor de la Mitsubishi Montero verde que sintió un desprendimiento del dolor y que flotaba dentro de un túnel de luz dorado, hasta que una razón más poderosa le hizo regresar: su mamá y las gemelitas. Los médicos le alertaron que para ese momento se le habían explotado tres cápsulas por los efectos de los jugos gástricos y estaban a punto de explotarse dos más. De haber sido así, hubieran asegurado su muerte. Malafé le había ordenado al señor de la Mitsubishi Montero verde que no se fuera del aeropuerto hasta que su avión despegara. Él le seguía los pasos cuando ella cayó en el Dutty Free. Como no tenía fuerza para cargarla, la arrastró por los brazos hasta llegar al vehículo. En un momento los pantalones le bajaron de las nalgas.

Malafé llamó al celular del doctor para poder hablar con Ivamar Santos. Le dijo unas palabras alentadoras y le juró haberse olvidado de lo sucedido. Le pasó el teléfono al doctor, quien habló con Malafé un buen rato. Más tarde, una enfermera le llevó un puré de papas con huevo hervido, comió con gusto. Nadie la visitó. Pasó la noche desvelada, viendo un programa de televisión del que, como no tuvo fuerzas para subir el volumen, imaginó lo que hablaban.

Le dijo a doña Sonia y a las gemelitas que Lisboa era raro para ser la capital de un país europeo. Precisamente por eso le gustó. Les dijo también que, de los pasteles de nata, el mejor era el de Belem. Ivamar Santos les aseguró que había hecho buenos contactos y que pronto iba a conseguir venderle el silicón a todos los doctores de Venezuela. No pudo comprarles nada porque iba de la convención al hotel y del hotel a la convención.

—La casa ha cambiado mucho. Creo que ya no es mía, no se parece a mí —dijo doña Sonia.

—Yo también he cambiado mucho, mamá, ¿eso quiere decir que no soy tuya?

—¿Alguna vez lo fuiste? Tú eres tuya, Ivamar. ¿No lo ves?

Después de haber reposado, bastante menos de lo que le recomendó el doctor, salió de la casa. Dejó a doña Sonia en sus sillas plásticas. Eran las seis de la tarde porque todo era dorado. Los descamisados en el techo la saludaban por su nombre, le daban las buenas tardes. Lo que se le ocurrió ponerse habría sido apropiado para la abadesa de un convento. Llevaba el pelo enteramente oculto por un pañuelo de seda, un vestido negro suelto y largo, por su anchura parecía prestado. Habían cambiado a la mujer gorda, morena y con gorra. Ahora había un hombrecillo desmedrado, paliducho, que tenía una cicatriz en el buche. Con el nuevo encargado, las medidas de seguridad de la cárcel duraban más que un popurrí de Juan Luis Guerra.

Era sábado. Los niños pululaban desordenadamente por el patio. Jugaban a las barajas, a la pelota; otros se movían sin rumbo fijo, y algunos trabajaban en la cafetería. Malafé jugaba ajedrez. Ivamar Santos lo esperó junto a la cama, cerca de donde tenía ordenados sus libros. Cuando entró, lo saludó con mil disculpas, con varias explicaciones de cómo su cuerpo la había traicionado. Culpó al nerviosismo y al tiempo de preparación. Luego, con el mismo susurro que venía hablando, dijo que no tragaría más. Seguía sintiendo el ardor en el estómago y no quería seguir lastimándolo. Pidió su comprensión.

Había que quedársela, Malafé lo supo. La abrazó y le ordenó que dejase de disculparse. Sirvió jugo de fresa con unas galletas saladas. Comentaron el buen trabajo que había hecho el doctor al sacarle los dediles. Ivamar Santos le mostró las cicatrices del pecho, Malafé se lamentó. Le recomendó unas cremas sanadoras. A continuación, y sin ninguna razón aparente, Malafé le preguntó su edad. Ivamar Santos tenía veintinueve años para ese entonces.

—Es hora de que ganes buen dinero —dijo Malafé.

Le tenía una confianza especial a Ivamar Santos, no por los favores que había realizado para él, sino porque dentro de sus pupilas tenía un toque especial. La veía como una hija, como un desahogo. Así que le contó su rabia por Miguelito, un carajito de dieciséis años que había sido reclutado por una de sus mujeres.

El papá de Miguelito había muerto de un ataque al corazón y el chamaquito había tenido que ganarse la vida limpiando pisos, haciendo favores o lavando carros. La mujer, ocho años mayor, le había hecho creer a Miguelito que estaba enamorada. Lo llevó a vivir a su casa y lo preparó. El entrenamiento de Miguelito fue muy exigente: la mujer le hacía tragar uvas remojadas en compotas infantiles con el fin de que se acostumbrara al relieve de la heroína. Con él tenían una clave al llegar a Barcelona: si Miguelito salía con la gorra puesta, quería decir que todo andaba en orden; si no, había problemas y nadie se le arrimaba. La policía notó «algo extraño» en el equipaje desde las pantallas de detectores de metales. En una intensa requisa, a Miguelito le encontraron un kilo de cocaína junto con el pasaporte y la visa. Pese a que Miguelito mantuvo la versión de que «una tía le había dado la maleta», tuvo que confesar que dentro de su cuerpo había cincuenta bolsas cargadas de droga, por el temor a los agentes federales. Días después, y oída la confesión de Miguelito, arrestaron a la mujer cuando salía de su casa vestida como estudiante. Malafé le confesó a Ivamar Santos que había fallado con su nuevo método de reclutar niños para el negocio.

En ese momento tenía ocho mujeres entregándole bolsitas a Oriol. Nunca tuvo la certidumbre suficiente para confesarle a Ivamar Santos el convenio que tenía con los funcionarios: de las ocho, una tenía que caer. Así los periódicos tenían algo que contar al día siguiente y las autoridades tendrían argumento para pedir un aumento de presupuesto. Con esas, él no tenía ningún tipo de acercamiento, ni siquiera hablaba con ellas, imposible imaginarse que Malafé estuviera preso. Nadie les enseñó que el lenguaje corporal era lo más importante y tampoco el control de la mirada cuando un policía se les acercase. Grave error sería evadirlos. Debían mirarlos a los ojos por un tiempo no tan corto que pudiese llamar la atención, ni tan largo que fuera sospechoso.

La primera cayó cuando le rompieron un pastel de cumpleaños. Un número siete estaba encima del suspiro con una pequeña velita en el tope. Una finísima masa cubría todas las bolsitas de heroína. Le rajaron el pastel en dos: gualá. Otra de ellas tenía la maleta llena de frascos de pasta dental: cambiaron la pasta por cocaína. El último caso, que se hizo famoso en Maracaibo, fue la que llevaba una escultura para Oriol y, bueno, no era arcilla lo que llevaba dentro. Desde que caían, sus trabajadores internos y externos tenían que cambiar de número celular. Malafé no era tan malo del todo: a algunas, a las que a él le daba la gana, les hacía llegar informaciones fidedignas de próximos envíos para que así pudieran negociar su sentencia.

Malafé terminó contándole que se había enterado, por boca de su amigo pakistaní maloliente, de que Oriol y Laura ya no vivían juntos. Ivamar Santos se encogió de hombros. Malafé entonces, sin delicadeza alguna, le propuso otra forma de hacer negocios.

—¿Hay dinero? —le preguntó Ivamar Santos, frotándose los dedos.

—Si no, no te lo propongo, querida.

—Pues de una, ¿cuándo empezamos?

—Pero ¿sabes lo que hay que hacer?

—Lo que sea necesario, mi querido Malafé.

3

Pilar, mi nueva amiga jugadora de rugby, me convenció de que estudiara periodismo. Por muchas razones: me gustaba leer y pronto me animaría a escribir, intuyó ella. Era una buena forma para conocer personas, pero no lo hice. No me gusta estar hablando con desconocidos, ni siquiera mirarlos. Al terminar la carrera, ella me recomendaría en el periódico. No fui más a velorios. Con el dinerito que mi madre me enviaba y con la venta de la camioneta de mi padre, pude pagar mis estudios y algunos gastos. Me dediqué a vegetar, salir con Pilar y a estudiar. Pilar cumplió todas sus promesas. Estaba pasando por un periodo de prueba en un gran periódico dominicano: *Listín Diario*. Me tomó bajo su mando. La acompañaba a los eventos sociales. Anotaba lo que veía, tomaba las notas de prensa hechas por las empresas, cargaba la cámara, tomaba las fotografías, comía pastelitos, quipes, minipizzas, embutidos extraños, jamones y quesos. Tenía que entregarle un resumen de lo sucedido a primera hora en la mañana. En contra de mi voluntad, debía conversar con los presentes. Algunos hasta me pedían mi número de teléfono para luego tratar de sobornarme pidiendo la publicación de su foto en la sección «Sociedades». Bebíamos vinos caros. Una vez, quizá, bebimos demasiado. Fue en una puesta en circulación de un libro. No me acuerdo del autor, mucho menos de la obra. Lo que sí recuerdo era que íbamos en el carro de Pilar antes de las doce de la noche rumbo a la Zona Colonial. Fuimos a un bar que por ochenta pesos te daba quince onzas de alcohol. Había un rock a todo volumen y los flashes

de luz distorsionaban el ritmo de los movimientos. A Pilar la conocían en el lugar. Saludó cálidamente a la persona encargada del
bar. Pronto, y sin ninguna explicación, fuimos a parar a otro bar
donde la música era relajante. Todas las paredes estaban pintadas de rojo. Éramos pocos. El piso de madera se quejaba con cada
pisada. Al fondo, una terraza con enredaderas en el techo. Cada
salón tenía un área de estar, donde lo único que se podía distinguir eran las velas de inciensos. Uno tenía varios sofás; otro, colchones inflables en el suelo, y otro, hamacas colgando. Todo olía
a marihuana: el baño, mi camisa, las cervezas, el cabello de Pilar.
Encontramos a una pareja de amigos que al parecer nos estaban
esperando. Nos metimos en el salón de los inflables, posiblemente el más oscuro de todos. Antes de entrar, el amigo puso en las
bocinas un reggae estadounidense. Pilar se tiró en unos de los
colchones con su amiga. Entendí que era hora de que la cabeza
me dejara de dar vueltas e hice lo mismo en uno apartado de ellas.
El amigo se acostó al lado y comenzó a hablarme de unas filoso-
fías, las cuales no entendí pero sí me ayudaban a cerrar los ojos y
a imaginarme sus palabras en el aire. Se calló por un momento,
volvió a hablar y lo entendí.

—¿Te gusta?

—¿El qué? —le pregunté con los ojos cerrados. Creí que se
refería al roce de su antebrazo excesivamente peludo con el mío—.
Me da igual —le respondí después de que me dijera algo de la
casualidad antropológicamente casual.

Y el gas que le producía la cerveza tuvo que salir caliente de
su boca hacia la mía para que me diera cuenta de que me estaba
besando.

—¡Ey, ey, ey! ¡Tíguere, ¿y qué fue esa vaina?!

—¿Pasa algo? —preguntó Pilar con la camisa desbrochada.

—Pilar, ¿tú sabías de esta vaina?

—O sea, tú no…

—¡Coño, Pilar, cómo así!

—Perdón, *men*, es que *I thought you were...*

—Pilar, deja de hablarme en inglés que yo no entiendo esa vaina. ¡Ey, ey! Tíguere, echa para allá, deja de pegárteme tanto. Pilar, ven, párate de ahí, ¡vámonos!

Le arruiné el polvo a Pilar. Entre borrachos y asustados nos reímos de lo que sucedió todo el camino a casa. No tenía muchas opciones: si me molestaba con Pilar era quedarme otra vez sin nadie, y también un malentendido le pasa a cualquiera.

4

Antes de que se empezaran a beber un café que él mismo había colado, se sentaron en la sala. Empezó a vagar el discurso con frases que otras personas habían dicho y que nada aportaban al tema en cuestión. Malafé tenía la necesidad de que las personas supieran de su conocimiento. Hablaba de forma pomposa aun sabiendo la incomprensión del receptor. Le preguntó si sabía lo que era la heroína; ella movió la cabeza afirmativamente para mentirle. De todas formas, él le explicó.

—Por ejemplo, el anhídrido acético sobre la morfina. La morfina es uno de los alcaloides que se obtienen del opio. Del fruto verde de la adormidera se extrae un zumo espeso. Ese zumo, una vez seco, constituye el opio. Y un veinte por ciento del peso del opio consiste en alcaloides como la morfina.

Ivamar Santos se rascó la nariz y estornudó.

—Salud… Entonces, la heroína se obtiene a partir del opio en tres pasos, uno: extracción y purificación de la morfina del opio; dos: síntesis de la heroína a partir de la morfina, y tres: conversión de la heroína en clorhidrato de heroína.

Cuando Malafé había empezado a mencionar y a describir cada sustancia, Ivamar Santos se había notado agobiada y aburrida.

—Ponme atención que esto te lo digo porque necesitas saberlo.

Le pasó un libro, al cual había arrancado la portada. Ivamar Santos supo su título por una mención que le hacían durante el texto: *Químicos utilizados en la producción ilícita de drogas*. Estaba escrito por la Comisión Interamericana para el Control de Abuso de las Drogas con el apoyo de la Organización de los Estados Americanos. Antes de irse de la habitación, le encomendó leérselo para la mañana siguiente. La citó a una hora específica.

Al llegar a casa, las gemelitas la esperaban jugando Monopolio. Les hizo unos sándwiches con una batida de fresa para cenar. Las peinó dibujándoles unas enredaderas en el pelo. Las gemelitas tenían el pelo rojo cobrizo, del mismo color que sus finísimos labios. Sacaron el cesto de ropas sucias y tomaron un zapato del colegio para jugar baloncesto. A una de las gemelitas se le dañó el peinado e Ivamar Santos lo reanudó con la condición de que leyeran con ella un libro que un amigo le había regalado.

—«El opio se dispersa en agua, y la mezcla se calienta y alcaliniza con óxido o hidróxido de calcio» —leía—. «Esto forma la sal de calcio de la morfina, la cual es soluble en la solución acuosa. La solución acuosa se filtra para separar los alcaloides precipitados y se le añade cloruro de amonio. La solución se deja en reposo varias horas hasta que la morfina precipita; entonces se filtra y se seca la morfina impura»…

Las gemelitas empezaban a cerrar los ojos. Tomaron las sábanas de sus piernas y las estiraron hasta su pecho. De todas formas, Ivamar Santos continuó leyéndoles.

Se conmemoraban los cuarenta años de la muerte del tirano. Trujillo murió baleado en el malecón, donde después se hizo una escultura en honor a su muerte y a la libertad, y donde ahora se realizaba la celebración que cubríamos. Altos rangos militares decoraban el lugar, así como lo hacía una gran carpa blanca y fotografías de los Padres de la Patria. El sol acababa de salir del horno cuando la maestra de ceremonia nos dio la bienvenida. Después de mencionar la importancia que tuvo dicho acontecimiento y los avances que hemos tenido como nación desde entonces, nos repartieron un desayuno. Mientras yo comía, Pilar se entretenía hablando con funcionarios y personalidades, todos con lentes de sol. Me di cuenta de que cuanto mayor era el número de estrellas y reconocimientos en su pecho, menos conversadores eran. En la conmemoración había muchas personas y entre mujeres elegantes y militares, estaba un hombre que, si no fuera por su desmedido sobrepeso, lo hubiese reconocido enseguida. Dejé medio *croissant* para verlo mejor. Me fui acercando hasta estar a pocos metros de él.

—¿Luiyi?

—¡Pero, mijo, por Dios! Qué gustazo verte. Pero oye… No me llames Luiyi delante de la gente: José Luis, y si tú quieres, primer teniente Peralta.

Bajo las órdenes de Malafé, el señor de la Mitsubishi Montero verde la llevó a la zona franca industrial del municipio de San Francisco. Entraron en una gran nave industrial donde había una fábrica productora de plástico. Cientos de personas trabajaban en la industria, cada quien a lo suyo. Un señor gordo y bajo salió a recibirlos. Su cara era ovalada y sonriente. El pelo que le faltaba en la cabeza le sobraba en la nariz, cuyas fosas, si hubieran de suspirar, pondrían a tambalear las palmas. Estaba vestido de manera informal pero elegante. Su camisa de mangas cortas tenía unas rayas rosadas.

—¡Qué hermosura de mujer! —le dijo al señor de la Mitsubishi Montero verde, cuando le daba la mano a Ivamar Santos.

Se presentó como el Tío, y pidió que así le llamasen. Su forma de hablar se parecía a una regleta a la que se le enchufaban ciertos cables desordenados, donde un poder superior conectaba y desconectaba ideas a su antojo. Fue recorriendo con ellos toda la nave. Les fue explicando la responsabilidad de cada trabajador. El Tío era el encargado de la producción desde el año noventa y ocho. Caminaron hasta llegar al área de entrega. Bajaron por unas escaleras hasta un sótano donde había tres grandes tanques y dos mesas largas. El Tío prendió las luces y de forma ensayada dijo que allí era donde la heroína se convertía en plástico. El Tío hablaba muy rápido y le daba la espalda mientras caminaba. Ivamar Santos tuvo que pedirle que repitiese varias veces, pero él no se molestaba.

—Entonces, mira: en este tanque se deja enfriar la heroína y se le añade agua para eliminar el anhídrido acético que siempre sobra de la reacción del otro tanque, mire, ese de ahí. Ahí. *Ahí está, ahí está, se la llevó el tiburón, el tiburón, no pares sigue sigue, no pares sigue sigue,* ¿le gusta esa canción? Mi hija no deja de cantarla.

Ivamar Santos y el señor de la Mitsubishi Montero verde se miraron y rieron. El Tío señaló una manguera gris con la que añadían agua a la heroína para convertirla en acetato de heroína. El Tío inclinó la cabeza para que Ivamar Santos pasase adelante.

—Es muy importante, mi querida princesita de Mónaco, princesita de mi corazón y princesita de la rayas de mi camisa, es muy importante la pureza de la morfina y el grado de acetilización conseguido, porque ese es determinante para la pureza de nuestro producto. Entonces venga, venga a este tanque. Venga, mamita venga pa acá, venga, mamita, ven; ¿baila salsa la princesita de Mónaco? No, claro que no, sepa usted disculpar a este viejevo por preguntar si esas manitas blancas bailan el sazón de la salsa.

Le mostró el segundo paso, donde se le agregaba el carbón activado y se retenía la parte líquida donde está la heroína.

—En vez de añadirle una pizca de sal al pavo horneado, que ya me daría un grato placer si acepta mi invitación para cenar, le añadimos una pizca de ácido clorhídrico concentrado, se mezcla bien y se deja reposar. Es más, hagámoslo ahora, ¿eh? ¿Sí? ¡Venga, ombe, que el silencio otorga! ¿O no otorga el silencio? El silencio más bien desaprueba, o el silencio piensa, porque quién dijo que el silencio no piensa, pero bueno, no piense usted tanto, mi princesita de Mónaco, dedíquese usted a seguir siendo bella, el mundo se lo agradece. Pero páseme eso, venga, vamos a agregarle usted y yo juntitos como el destino así lo ha querido.

Ivamar Santos tomó los utensilios que el Tío iba a utilizar.

—¡Mire esa piel! ¿Sabe usted con qué jabón se ducha, alguna crema en especial?, mi mujer la necesita con urgencia. Anoche le pregunté si estaba segura de que la crema que ella usaba le quitaba las arrugas, y no bien hice yo terminar de preguntarle para ella decirme «¡claro, tengo años usándola!». «¡Por eso te lo digo!», le contesté.

Pasaron a otro salón separado de todo lo demás por un muro gris. El sótano no era tan largo pero debía de tener tres veces su tamaño de profundidad en anchura. El suelo era de un material engomado. El otro salón no tenía tanques, había diferentes moldes, otras dos mesas iguales que la del salón anterior. Había muchas lámparas.

—¿Ve usted?, aquí la convertimos en plásticos, claro, después de que está reposada y lista. Malafé quiere que usted vea cómo funciona todo; seguro le puso a leer disparates innecesarios. No me vaya usted a creer, pero puede que quiera abrir una producción en otro país. ¿Se imagina usted, princesita mía, manejando lo que yo manejo aquí en otro sitio?, seríamos colegas, aunque nunca seríamos iguales, ya me queda claro: con el simple hecho de existir le está haciendo gran favor a la humanidad.

El Tío le mostró el molde donde vertían la heroína, de donde salían miles de platos plásticos. Pasaron a los compresores, con los que rociaban la pintura en los materiales. Aparte, en esa misma estación, les insertaban las sustancias necesarias para disuadir los olfatos caninos. Salieron del sótano e Ivamar Santos se puso los lentes cuando sintió el resplandor del sol.

—Princesita mía, en esos contenedores que están allá es que usted va a transportar la droga.

—¿Pero qué droga? —preguntó Ivamar Santos.

—Princesita, ya sé que no tiene que ser brillante, y tampoco con esto le pido que haga el esfuerzo de serlo, sería un abuso de mi parte pedirle tanto, pero es bueno que entienda usted que, de ahora en adelante, será comerciante de productos plásticos. Este es su contenedor y su viaje será pronto. No sé cuándo.

7

Por entonces, yo había recibido una oferta de trabajo en el periódico: sería el corrector de estilo de la sección «Ventana y Sociedades». Quedaría abierta la posibilidad para publicar crónicas siempre y cuando le resultaran atractivas e interesantes al director del periódico. Poca paga por no decir mezquina, por no decir ofensiva. Eso también Pilar me lo había advertido. Lo que no: la abolición de días libres y la imprudencia de los horarios. Por eso, y por cincuenta cosas más, acepté el trabajo del teniente Peralta.

Engancharme al cuerpo militar fue bastante sencillo: llevé mi carnet electoral y al otro día me llamaron para decirme que era sargento mayor de las Fuerzas Armadas. El sueldo me daba no para mucho más, pero el trabajo era cómodo. Pero primero quería probarme: me envió para Baní, una provincia del sur del país. Estaría auxiliando el cuartel de la provincia por dos meses.

Llegué un domingo en la mañana. Aparte de la tierra árida, los comercios informales y los pollos de Pollo Rey, la provincia no tenía ningún atractivo. Pudiera decir que era aburrida la mayor parte del tiempo. Vivía en un pequeño tugurio con seis hombres. Dormíamos con un abanico que, por la falta de luz eléctrica, se apagaba todos los días a las tres de la mañana y no volvía a encenderse hasta las dos de la tarde. El jueves nos quedamos sin luz hasta el sábado. Perdimos unas carnes que habíamos comprado y puesto en la mininevera. Los perros parecían de poco fiar, enfermizos. Era tanta su hambre que no dudarían en morderte la pierna y arrancarte un pedazo de carne. Los niños pequeños, dígase de cinco años, jugaban desnudos en las calles. Y como las mariposas sabían que no había plantas, por allí no iban. Tuve tiempo para que Arepita, un cabo que trabajaba conmigo, me pegara su miedo a las avispas. Un tío le regaló un burro cuando cumplió diez años. Su tío era muy patriota. Arepita, en su honor, iba montando su burro y cantando el Himno Nacional todos los días de camino al colegio. Una mañana, en medio de una de las estrofas, una avispa le picó en la lengua. Jaló con fuerza hacia su boca la soga que sujetaba el animal para taparse los labios. Inmediatamente el burro se detuvo y Arepita salió volando por los aires. Cayó en la tierra seca. Fue tanta la hinchazón que duró tres días sin ir a la escuela.

Mi trabajo era oír la radio local y apuntar quién entraba y quién salía del cuartel. La mayor emoción era oír las ocurrencias de *Tres Patines y la Tremenda Corte* al mediodía. Aparte de reírme a carcajadas con las interminables discusiones entre José Candelario Tres Patines y Nananina, me entusiasmaban las formas de rimas del Señor Juez: la sentencia firmada. Una tarde, dos de los policías agarraron a un muchacho vendiendo drogas por las aceras cerca de la iglesia. Cuando entraron al cuartel, arrastrando al muchacho por los brazos, me levanté de mi siesta. El muchacho era jabao. Lo llevaron hacia el patio de atrás y lo amarraron como se amarra un caballo a una mata de mango. Al principio decía con gran hombría que no eran suyas, que hicieran lo que quisieran, que él tenía derechos y pedía un abogado. Uno de los muchachos le quitó toda la ropa y empezó a empapelar su cuerpo con periódico.

—Sí, era mía, jefe, era mía. Es que usted sabe que la cosa ta dura, jefe, y hay que bucásela. Eso e namá pa dale de comé a mis tigueritos, jefe, uté sabe cómo e —su voz asustada subía y bajaba de tono.

Me pidieron buscar la correa de cuero y traerla mojada. Estaba debajo de una de nuestras camas. La busqué y se la entregué al más grande. El muchacho jabao estaba pidiéndoles perdón y prometía que nunca más lo haría cuando recibió el primer correazo, y el segundo y el tercero y el noveno.

—¡Ay, por favor, no me den! ¡Ay, mi madre, eto sí e grande! ¡Ay, epérense, epérense, jefe, por favor, epérese!

—No le dé en la cara para que no le deje marca, dale donde tan lo periódico, dale duro que no se le queda ná —dijo uno de
los policías antes de que le dieran otra vez, esta con más fuerza.

—¡Ay, me van a matá, me van a matá!

—¿No me vas a decir entonces? —preguntó el que tenía la correa en la mano.

—Es que yo no sé, yo no sé ná.

—¿Ah, tú no sabe?, ¿te doy a ve si te acuerda?

Le dio en las rodillas y cayó como cae una guanábana al suelo.

—¡Se llama Raúl, coño! ¡Raúl Cabrera! ¡Ay, por favor no me
mate, ay, por favor!

—¿Vite coño que eso era to? Me hicite sudá en balde.

El jabao se rindió cuando le volvieron a dar, para su suerte, por
última vez. Al otro día despertó sin moretones, con un dolor interno que se lo estaba llevando quien lo trajo. Me tocó hacerle el con-
duce para dejarlo en libertad. Antes de firmarme el documento, me
dijo que supo desde que se despertó que no sería un buen día, que
sabía que algo malo le iba a pasar, que debió quedarse dormido. Yo
le entendí. Muchas veces me he levantado con la sensación de que
me voy a morir hoy, como mucho mañana. En Baní me mantenía
alerta a cada pequeño ruido, a cada motorista que me pasara cerca,
y en las noches cenaba ligero para no provocar los riesgos. Y es tan
inmediato: abro los ojos y de repente mi corazón comienza a palpitar más rápido, y algo te dice, una voz en tu pecho te dice: «Hoy te
vas a morir». Y ya. Lo sabes. Pero como quiera vas a trabajar, te ba-
ñas. Antes de salir de la casa te despides de Traci Lords por última
vez. De camino al trabajo comienzas a medir las posibles formas
de muerte y juegas en tu mente con el método menos doloroso.
Le dejas un mensaje de fe a cualquiera que te encuentres, por si algún día hablan con tus padres, los consuelen diciéndoles que te
fuiste con Dios. Lo único que pides, o más bien exiges, es que no
sea ni asfixiado ni quemado y que tampoco sea una muerte con más
personas. Llamas a tus padres y hasta a tu hermana mayor.

Esos días…

8

Malafé esperó a Ivamar fuera de la celda, casi llegando al bar Lasuerte. Tenía puesta una camisa verde sin mangas. Tenía tatuada una Virgen en su brazo izquierdo. Llevaba un plato de comida en las manos. No la saludó. Uno de los motores le dijo que caminase tan rápido como ellos lo hacían. Llegaron hasta la cafetería. Una vez allí, Malafé mandó a buscar al cocinero: lo trajeron hasta la mesa donde le había ordenado a Ivamar Santos que se sentase. Al cocinero le decían Tito Salsa, era de Santa Cruz de Mara; un mulato con raro mestizaje, parecía chino. Pero desde que Malafé lo sentó frente a Ivamar Santos estaba todo paliducho. Malafé le preguntó al cocinero quién había cocinado. El cocinero le respondió que él, que siempre le cocinaba él.

—¿Y qué es esto? —preguntó Malafé apuntando el plato de comida.

Tito Salsa miro el plato, extrañado, luego volteó la mirada hacia Malafé. Se llevó un paño que tenía en las manos a la frente, luego por el cuello, luego a la garganta.

—¿Eso? Eso es una pasta rellena de carne molida, la salsa, como ve, es roja —dijo pasándose el paño por todos los lados—. Y tiene queso rallado encima, y usted sabe, el pan. ¿No quería pasta, patrón? ¿Pasa algo?

—Pasa mucho, pasa demasiado. Pasa que Malafé no indio, Malafé inteligente, Malafé no come hasta que pruebe la gente.

Tito Salsa pasó el paño por la garganta y miró a Ivamar Santos con una sonrisilla nerviosa.

—En mi habitación está Manguera tirado en el suelo, convulsionando desde que probó tu comida. Entonces, Tito, vamos hacer una cosa, yo no te voy hacer nada, yo sé que tienes tres peladitos pequeños y tu mujer está embarazada. Yo quiero que tú me digas quién te mandó.

—Malafé, mire, delante de Dios estoy, yo no tuve nada que ver, por favor. Malafé, por favor, por favor, Malafé…

Malafé se acercó al grupo de motores que estaba detrás de Ivamar Santos. Le pasó la mano por su pelo largo, se sentó a su lado. Le preguntó por su opinión y agitadamente Ivamar Santos le respondió que el cocinero le parecía inocente. Le pidió con humildad que lo perdonase y lo dejara ir. El cocinero le sonrió nerviosamente. Malafé se levantó de la mesa. Caminó en silencio hasta la entrada para abrir la puerta de la cafetería. Se quejó de la oscuridad del lugar. De pronto, estaba de pie al lado de Tito Salsa.

—Entonces, Tito querido, ¿quién te mandó? ¿Quién?

—Malafé, mira, te lo juro por la salú…

Malafé le apuñaló en la garganta y dejó caer su cuerpo en la mesa. Ivamar Santos saltó de gritos al sentir la sangre en su cara.

Fueron franqueados por los motores durante el camino a la habitación. Ivamar Santos entró al baño para lavarse y cambiarse de camisa. Todavía le temblaban las manos, las piernas, los párpados. Malafé empezó a leer la revista *Racing Form*. Ivamar Santos tuvo problemas para hablar, sólo consiguió preguntarle qué tenía encomendado hacer. Levantó un brazo para indicar que no había terminado, que necesitaba un minuto. «Cuánto voy a ganar», agregó. Malafé ya la había registrado como importadora de productos plásticos para Jamaica y la República Dominicana. Cuando le dijo el monto por ganar, su nerviosismo alcanzaría otra dimensión.

De mis días en Baní, no son precisamente buenos recuerdos los que guardo. Aproveché para estar una vez en casa de mi abuelo, al que apenas veía cuando iba a Santo Domingo a sus chequeos médicos. Era de preverse su presencia con el plato de remolacha y ensaladilla rusa que estaba en la nevera antes de servir la mesa. Él sólo comía arroz, habichuela y remolacha con ensaladilla rusa, en cantidades industriales. Mi abuelo era libanés y se había dejado de abuela cuando mi padre tenía seis años. Era áspero y brusco. No toleraba que se le contradijese en nada, razón por la cual (con muchas otras más) terminó solo los últimos doce años de su vida. Se entretenía con las jovencitas del pueblo y, según las malas lenguas, había procreado tres hijos con tres menores de edad, a los cuales nunca les dio apellido ni sustento. Cuando se enfurecía, cosa que ocurría con frecuencia, les marcaba toda la cara y partes del cuerpo con moretones. Los familiares de las niñas, por no pelear con el hombre de las grandes siembras de plátanos, mantenían el silencio con las autoridades. «Papeleta mató a moneda», dicen por ahí. Yo le tenía gran respeto y no poco miedo. Siempre que podía, me escurría de la mesa alegando cualquier excusa. Pareciera sorprendente, pero incluso cuando mi padre no obedecía cualquiera de sus exigencias malcriadas, como llevarlo a casa de su novia de la capital, le pegaba en la cabeza delante de todos. Mi madre se hacía la desentendida.

En una de las conversaciones que tuve por entonces con mi padre (o bueno, la palabra *conversación* sería un poco exagerada), me llamó para decirme que el abuelo se había enterado de que yo trabajaba en el sur y estaba molesto porque no le había visitado. Me ordenó que fuera tan pronto como pudiera y se disculpó por tener que atender otra llamada. Entonces pedí un permiso al comandante Pol y ya estaba yo en la primera guagua camino al pueblo. Monte Bonito era tal cual su nombre. No tenía una sola calle asfaltada. En pleno siglo XXI la luz eléctrica era un mito que venía acompañado de un señor que cruzaba por allí cada cuatro años. Se les pagaba cinco pesos a unos de los muchachitos para que buscaran agua en el río. Un polverío enfermaba a los pobladores y el hospital más cercano estaba a tres horas. A mi abuelo no había quien lo hiciera salir de allí. En vano insistieron mis tíos y mi padre.

—No por mucho madrugar amanece más temprano —dijo mi abuelo cuando me vio llegar a casa.

Estaba con Juan Vacinilla, su ayudante de toda la vida que a bruto y despistado le ganaban muy pocos. Algo de culpa debieron de tener los cocotazos de mi abuelo. Me invitó a la cocina. Oí unos pasos detrás. Al voltearme, unos cabellos negros, casi por los codos, salían por la puerta principal. Juan Vacinilla nos repartió café en unos vasos de aluminio. Creo que mi abuelo se quemó la lengua, pero no se quejó. Al igual que en las comidas que teníamos en la capital, le hacía las tres mismas preguntas. Le preguntaba por la cosecha, y él me decía que estaba bien, le preguntaba si había llovido, y él siempre me decía que no, le preguntaba por la salud, y él me maldecía porque, según él, lo estaba azarando.

A mi abuelo le gustaba dar en la cabeza: apretaba su puño y sus dientes y... ¡tan! Quien se atreviera a ponerse a su izquierda, era todo un valiente: en esa mano tenía un anillo de oro. Una vez me confesó tío Pacheco que, si el crimen era grave, tomaba un palo de escoba y te daba por las piernas o por el estómago. Duramos largo rato en la mesa de la terraza sin hablar. Preparó un tabaco y pidió al aire más café. Alguien que no era Juan Vacinilla

gritó que se había terminado, y antes de que pudiera enojarse le
pasé la mitad del mío.

Fuimos a la finca para ver cómo habían amanecido las cose-
chas. Nos montamos en su camioneta, una Toyota Hilux 4WD
azul. Fue la primera y hasta entonces la única camioneta de Monte Bonito. No tenía aire acondicionado. Abuelo hablaba con muchos refranes y los decía aunque no le dieran sentido a la idea que
expresaba. Por ejemplo, al devolvernos para la casa, me estuvo fe-
licitando por el trabajo que venía realizando por la patria. «No
como tu padre» agregó, y al final dijo: «Quien da pan a perro aje-
no pierde el pan y pierde el perro».

Ayudé a Juan Vacinilla a montar los plátanos en la camioneta
y los acompañé hasta Padre Las Casas, donde vendieron los plátanos a los colmados. Mientras esperaba en la galería de su casa,
tomé una rama de un árbol e intenté clavarla en la tierra dura. Mi
abuelo me veía desde su silla, tomándose un vaso de agua fría. Las
pequeñas ramas se rompían antes de clavarse en la tierra. Tomé
otra rama más ancha y de una apariencia más fuerte pero a la tierra no podía atravesarla ni una bala.

—«El que persevera, triunfa» —dijo el abuelo, inclinando un
poco el cuerpo hacia delante.

«Ivamar Santos», pensé.

Abuelo tiró el último sorbo de agua fría a la tierra pero también a mis brazos.

—Entiérralo ahora —ordenó.

Lo miré con una sonrisa triste y como abatida.

—¡Entiérralo, coño!

Escupió un gargajo que mojó más mis brazos que la tierra.

10

Santo Domingo estaba como siempre, calientísimo. Ivamar Santos llegaba por el aeropuerto Las Américas a las 4:20 p. m. Utilizó su pasaporte venezolano y no tenía peluca ni lunares falsos. Era lo más natural que había viajado hasta entonces. Ella siempre había querido conocer Dominicana. La isla la recibía contenta, explayando sus olas en los arrecifes. Le pidió un merengue al chofer y este, de muy buen gusto, la complació. Oyeron a Eddy Herrera: *Pégame tu vicio.* Llegaron a un hotel en la avenida Sarasota, frente al parque Mirador Sur. Se relajó en la habitación hasta que llegó la noche. Vistió un estiloso traje *negro* con brillantes blancos en el pecho. Se recogió el pelo y pintó sus labios de rojo. El mismo chofer que la recogió la llevó a una discoteca por la avenida Abraham Lincoln. El bar tenía bastante sazón como para que ella bailara con todos los que la invitaron. Rechazó los tragos, diciendo que no tomaba, que muchas gracias. Ivamar Santos movía las caderas con tanta gracia que no se podía ver otra cosa: maestra del ritmo y del sabor. Descansaba cada cuatro o cinco canciones, tomaba agua y volvía a bailar. Muchos le ofrecieron matrimonio esa misma noche. Ella se reía, tomándolos por el cachete como si fuesen niños traviesos.

Al día siguiente llegaron al puerto. Ivamar Santos saludaba a todo el mundo con su arma, y todos le devolvían la sonrisa. Pasó los procesos aduaneros e hizo los pagos de impuestos correspondientes junto a un mulato caco pelao que era parte de los empleados por Malafé. Él se encargaba de las operaciones y ella de las relaciones públicas. Se hizo amiga de todos, hasta de las mujeres. Cada vez que iba, a ellas les llevaba desayuno y se inventaba un chisme para tener algo de qué hablar. A ellos, a los que estaban en mayores cargos, les pasaba dinero en un sobre por su eficiente y ágil trabajo.

Un camión llevaría la mercancía a Villa Altagracia. Ivamar Santos quiso ver cómo extraían la heroína del plástico. Esto ya no era parte del negocio, era tan sólo responsable de sacar la del furgón libremente. Era una nave muy parecida a la de Maracaibo, pero en vez de una fábrica productora de plástico, era un almacén. Dentro, grandes contenedores, parecidos a ollas de cocina gigantes. Un equipo sacaba las mesas y sillas, otro las iba entrando a las ollas negras. Ivamar Santos no llegó a ver cómo en Maracaibo la heroína se mezcla con plástico derretido: inodoro y casi imposible de ser detectado por reactivos. Ahora, para rescatar la droga de la pieza, se le agregaba cloroformo para separarla, y para descentrarla, hidróxido de amonio. Se podía ver cómo una grasa cubría la superficie de las ollas negras y calientes.

—¿Qué es esa grasita que sale en el agua? —preguntó a un señor de bata azul.

—El producto. Luego del filtrado se le agrega éter sulfúrico como purificador —respondió sin mirarla.

Los muchachos encargados de estos procedimientos tomaban un peso para ver cuánto dinero representaba cada una de las bolsitas, similares a las que Ivamar Santos entraba en su vagina. Luego, pasaron a colocarlas todas en refrigeradores a muy bajas temperaturas. Ivamar Santos observó el proceso desde una oficina en un segundo piso con un cristal de mostrador. Sus ojos planos estaban vaciados, nada decían. Salieron de Villa Altagracia bien prolongada la noche, porque los compradores tardaron en llegar.

Llegó a la habitación del hotel en la avenida Sarasota y pidió una pechuga con papas fritas para cenar. Vio una película en el cable. Pensó en doña Sonia, en las gemelitas, en Oriol, hasta que se durmió. Al día siguiente, abrió una cuenta en el Banco Popular y cambió mil dólares a pesos. Fue a Plaza Central y le compró a su familia todo lo que pudo. El resto de la mañana la pasó en un restaurante en Juan Dolio. El establecimiento tenía un muelle de madera oscura. Varias mesas con paraguas azules y blancos. Olor a mar, a sal, a coco, a Caribe. Tomó dos cafés, uno negro y otro con leche, varias tostadas y unos huevos revueltos. Esperó allí, viendo los azules del cielo y del mar, hasta una hora antes de su vuelo. Las olas la despedían con la misma fuerza con que le recibieron.

11

Fue el primer domingo que tuvimos libre de las nueve semanas que llevábamos trabajando en el cuartel. Nos subimos en una guagua pasajera con destino a la capital y, antes de llegar a San Cristóbal, el chofer redujo la velocidad y nos ordenó que nos tiráramos. Allí tomamos dos motoconchos y, aunque con la brisa se me estropeó la camisa, el pelo permaneció intacto. No existía huracán tan fuerte como para despeinarlo. Fuimos Juan, Félix, Arepita y yo. Cuando llegamos a La Toma de San Cristóbal, Juan se hizo el loco y no pagó. Una muchachita gordita y achinada intentaba cobrarnos doscientos pesos. Probamos evadirla de la misma forma que Juan evadió al motoconchista, pero un moreno grandulón sólo tuvo que pararse de la silla para que, con mucha amabilidad, le pagáramos a la linda carajita. Arepita mostró su carnet de oficial por si tenía algún descuento.

—Pa eso es que sirven —dijo el de seguridad.

La Toma era un balneario gigante, donde un río cercano alimentaba varias piscinas de agua natural. A diferencia de todos los demás, no teníamos trajes de baño. Los que vendían en Baní estaban muy caros para nuestro sueldo. Llevaba ya buen tiempo pensando que todo era caro e innecesario.

Cruzábamos un pequeño puente con barandillas azuladas, viendo un salón gigante a mano derecha que nadie utilizaba. Más adelante, una pequeña ranura en la puerta dejaba ver a una fuerte morena pelando unos plátanos verdes y otra morena, no tan fuerte, friendo pollos. Salían cientos de platos de chicharrones de pollo con tostones. Pedimos dos servicios más tarde. Arriba, en lo que sería un segundo nivel, había una cafetería pintada de amarillo y azul. También una terraza y juegos para niños. El agua turbia no superaba el metro de profundidad. Encima de allí, elevada unos cinco metros, estaba la tarima donde se presentaban las orquestas, en este caso la razón principal de nuestra visita: Pochi Familia y la Coco Band.

Siempre me ha gustado ir a sitios donde hay personas menos agradables que yo, por no decir más feas. La suerte no me visita a menudo, pero si hacían un concurso de belleza en La Toma, ganaba por unanimidad. Los hombres se bañaban con unas franelas desmangadas blancas, muchas de ellas con orificios en la espalda o en el pecho. Arepita no dudó en mostrarnos sus dotes. Jaló a una flaquita y le dio tantas vueltas que yo, que sólo lo veía, me mareé. Nosotros cantábamos el coro de la canción porque era lo único que nos sabíamos. Cuando en las vueltas Arepita nos miraba, lo alentábamos con gestos. La canción terminó y entró la orquesta con un preludio a ritmo de tambor, güira, trompeta y, sobre todo, con sabor a *Coco*. Aprovechando la ubicación de la tarima, la gente se amontonaba para bailar dentro del agua. Dos manos fuera a la altura de las orejas, las otras, quién sabe dónde. Eso es lo que me gusta de Pochi y la Coco Band: fueron casi dos horas de sabrosura y un sin parar de cervezas Presidente bien frías.

—Si me piden diez pesos más, les doy veinte —dijo Arepita.

De los cientos de amontonados, me llamó la atención un niño que estaba en la piscina de adultos. Lo primero que vi fue su cabeza, casi del tamaño de su cuerpo. Estaba en brazos de un muchacho de cabeza normal que debía ser su hermano o primo. Él hablaba con la menos fea de todas: alta, enjuta de carne, trigueña, algo recia. No sé qué pasó para que el niño cabezón le bajara de un susto la parte de arriba del bañador. La joven, con algo de torpeza, tapó uno de sus senos en lo que trataba de colocarse la copa izquierda del bañador. No hizo más que reírse y decir que el niño cabezón iba a ser un mujeriego.

Pochi Familia y la Coco Band terminaron el segundo y último set de merengue. Después, todo sucedió con extremada rapidez. El poco dinero que tenía lo gasté en cervezas; por eso, después de que todo sucediera, supuse que alguien nos había traído de vuelta a Baní, alguien nos había invitado a comer y me había embarrado la camisa con salsa de tomate por gusto. Pero no fue así. Julio tuvo que interceder cuando los de seguridad de La Toma quisieron llamar al comandante Pol. Lo que pasó es que cuando me emborracho me da por hablar de Ivamar Santos, y hay que oírme. Porque, si no, vienen los problemas. Con Pilar era fácil, creo que porque fumaba marihuana y todo le era más interesante, pero a esa muchacha que conocí no le parecía nada importante y sólo quería bailar y beber cerveza. No me sé su nombre, pero era una de las camareras que servía los chicharrones de pollo con tostones. Y después de un buen tiempo pensando, lo único que consigo recordar es que, desde que el sol se fue, sólo podía verle las pupilas. Julio me dijo también que habíamos bailado dos merengues. Pero ya era hora de hablar de Ivamar Santos y ella no estaba en eso. Para que me callara, la muchacha me dijo privando en chistosa: «Esa mujer va a ser tu perdición». Entonces, el problema. Yo comencé a insultarla y ella hizo lo peor que podía hacer: ignorarme. Recuerdo que yo la empujé y ella se cayó al suelo junto con toda la comida que estaba en nuestra mesa. Entonces me contaron que ella desde el suelo empezó a tirarme la comida y en un acto de desesperación tomó el plato de tostones con *cachú* y me lo tiró a la cabeza. De rabia la tiré a la piscina cayéndoles encima a unos cuantos bañistas, y hasta el pobre niño cabezón se llevó un golpe, en la cabeza, evidentemente.

Para que el inconveniente pasara al olvido sin rastros ni sombras, Julio había negociado que, al otro día, a primeras horas de la mañana, yo debía ir a La Toma a disculparme con el administrador, un señor alegre, simpático y de cabeza canosa; con el personal, especialmente con la agredida, y debía limpiar el lugar. No lo hice y me jodí. El comandante Pol se había enterado y me mandó a encarcelar por una semana. Al final fueron tres días en los cuales sólo comí pan y agua, pues quien me diera otra cosa estaría de baja por tres meses, y aunque pocas cosas se cumplían en el cuartel, esa era una de ellas. Siempre salía un chismoso con ganas de congraciarse con el comandante Pol. A la tercera noche, el teniente Peralta ordenó que se me liberara. Envió una camioneta por mí, la cual me llevó directamente a su despacho.

12

Ivamar Santos no regresó directamente a Maracaibo, antes fue a Caracas. Aunque llegó para salir con Andreina, prefirió echarse en la cama y dormir un rato, pero al cabo de un cuarto de hora se dio cuenta de que no iba a poder dormir. Salió con sus gafas oscuras y una mochila roja en la espalda antes de las dos de la tarde. Era miércoles. Enfrente del hotel, una oficina inmobiliaria tenía fotos de viviendas pegadas en el cristal del exterior, donde también presentaban locales comerciales y chalés. Entró al local y se quitó las gafas. Nadie le hizo caso. Ivamar Santos recorrió la oficina, primero con la mirada, luego se fue acercando donde estaban las fotos. Uno de los muchachos, que tenía la cara cuadrada y pelo hirsuto, le preguntó si podía ayudarla. Accedió acercándose a un piso de tres habitaciones, con la misma cantidad de baños.

—Uno para mis hermanas, otro para mamá y uno para mí —dijo.

El hombre de cara cuadrada y el pelo hirsuto le detalló los planes de financiamiento. Ivamar Santos esperó que terminara para decirle que en este caso no haría falta esa opción. Ofreció una visita al piso. Fueron hasta el barrio en el carro designado a las diligencias de la inmobiliaria. Quedaba a dos cuadras del Palacio Presidencial, cerca de un colegio privado y dos supermercados. Ivamar Santos preguntó por las iglesias cercanas y él le respondió que había una a tan sólo dos cuadras. El piso tenía una garantía de cuatro años por cualquier daño estructural y filtraciones, un año para los detalles constructivos. Los baños eran algo pequeños pero las habitaciones eran generosas. El hombre de cara cuadrada y pelo hirsuto le mostró el primer nivel común: un gimnasio, piscina y cancha de fútbol. Volvieron a la agencia inmobiliaria, ambos con una sonrisa en la cara; la de él mostraba más los dientes.

La invitó a sentarse. Tomó de su gaveta un sinfín de papeles y empezó a explicarle por qué debía de firmar cada cosa. Los dos hombres y la mujer, que también formaban parte del equipo de ventas, dejaron de trabajar para atender la negociación. La oficina estaba inundada de una luz apenas tamizada por un visillo. En ese momento, Ivamar Santos sacó el importe de su mochila roja. Exigió cinco pagos sin intereses para la otra mitad. El hombre de la cara cuadrada y pelo hirsuto accedió. La mujer, que hasta ahora había estado sentada de forma escuálida y con un vago sentimiento de zozobra, se les acercó pidiendo el carnet electoral. Ivamar Santos lo pasó compungida. Sus ojos la repasaron sin expresar nada definible. Ivamar Santos tuvo la extraña sensación de ser mirada por sí misma. La mujer tenía una adicción viciosa y un necio hábito de usar eufemismo para cada cosa. Las preguntas caminaban desde su tipo de sangre hasta cómo había conseguido el dinero y con qué prueba contaba. La mujer improvisó un documento en el cual la agencia se descargaba de la procedencia del dinero y, aunque no se disculpó, le dijo que eran tan sólo procedimientos que debían cumplir. Ivamar Santos no firmó el último documento, más bien se paró de la silla y fue caminando hasta los anuncios pegados en el cristal sin decir media palabra. El hombre de cara cuadrada y pelo hirsuto se le acercó. Le pidió disculpas y ella lo ignoró. Ivamar Santos no firmó nada más, salvo el papel donde la certificaban como compradora del nuevo apartamento. Preguntó si el precio incluía el amueblado y él respondió que sí, como si hubiera estado esperando desde siempre su pregunta. Antes de salir de la oficina, sacó de la mochila roja seis meses de estados bancarios, donde a leguas se veían dos significativos pagos mensuales. Los dejó caer en la mesa de la mujer.

La tarde había caído bruscamente e Ivamar Santos aún no comía. Compró una arepa que vio vender a un señor que caminaba
por la calle. Tenía que quedarse en Caracas hasta el viernes para
la entrega formal del apartamento. El hombre de cara cuadrada le
regaló una champaña, la cual ella bebió en su habitación.

13

A pesar de mi físico, conseguí relativo éxito con las mujeres. No digo tener éxito en hacerlas felices, ni siquiera en llegar a ser feliz con ellas. En esa época salí con varias amigas de Pilar, con las cuales tuve vagas y buenas conversaciones. Me gustaba el juego. En uno de los intentos fallidos, conocí a Bianca. Una muchacha insólitamente hermosa y refinada, que pareciera haber nacido por error en una familia pobre, una de las más pobres de los kilómetros ubicados en la carretera Duarte. Ellas se habían conocido jugando rugby en la Universidad Autónoma de Santo Domingo. Bianca estudiaba contabilidad. Era pequeña y frágil, sólo organizaba los partidos. A veces se quejaba por decaimientos nerviosos y malestares continuos. Tenía una linda cara de campo y una ingenuidad maltratada por la vida. Su padre era albañil. Su primer hermano murió de varicela a los tres años. Su hermana mayor quedó embarazada cuando cumplió quince años y el tipo, en medio del embarazo, se fue para Nueva York y nadie supo de él desde entonces. Bianca vivía con su abuela porque sus padres trabajaban en el interior. Eso fue lo único que supe de la hora y media de conversación que mantuvimos.

Todo empezaba a pasar muy deprisa, como si la brisa se hubiera convertido en un viento fuerte. A partir de entonces, lo que ella decía no me parecía importante, ya mi mente estaba en otro lugar. Ahí, mientras miraba a Bianca y movía la cabeza con un imaginario ritmo acompasado, no sé por qué me acordé de lo que dicen en los aviones en caso de una emergencia. Primero sálvese usted, después ayude a los otros. Así que, al final de la noche, cuando no quedaba más que desarreglar la cama, me disculpé con Bianca inventándome una excusa, no necesariamente coherente o lógica. Para serle fiel, he tenido que serme infiel toda la vida.

14

Tras el incidente en la cocina, la vida de Malafé estaba en peligro y él lo sabía. Uno de los motores vigilaba al nuevo cocinero. Malafé había aumentado la comisión a los oficiales y ministros. Dormía con un cuchillo debajo de su almohada, otro escondido en el sofá, uno más sobre el espejo del lavamanos y el último como separador de la revista *Racing Form*.

Se reunió con los diferentes gremios dentro de la prisión. Les regalaba tabaco y alcohol. Un día contrató a dos tatuadores: los que quisieron, se dibujaron el cuerpo. Malafé cubría los gastos de los papeles de baño, jabones y las pastas de dientes. Compró bolas de fútbol y una piscina inflable más grande. Pero aún sentía que se iba a morir hoy, como mucho mañana. Llamó a Ivamar Santos y le pidió un gran favor. Necesitaba una pistola para protegerse. Malafé sugirió entrarla de la misma forma que entraba la droga. Ivamar Santos recordó algo de que es un músculo y que se acostumbra; algo de que decirle que no a Malafé era firmar una sentencia de muerte.

Despeinó una Glock. Malafé hizo que un amigo se la llevara a su casa. Ivamar Santos dividió los dediles: corredera, cañón, muelle recuperador, cargador. Para el armazón, tomó un destornillador y lo descompuso. Llevó los clavos y tornillos en la cartera. Recubrió los dediles con preservativos, pero el metal es muy áspero como para no sentirlo. Difiere de la droga, que es suave y pasa con cierta ligereza por los labios. Un sangrado salía de la vagina de Ivamar Santos. Lo hizo recostada en su cama. Varios potes de lubricantes en las sábanas, la televisión encendida.

Lo primero que entró fue el cargador. En la parte inferior, donde el tirador apoya la mano, sobresalía un pequeño metal. Se raspó el cuello uterino cuando lo estaba entrando. Fue tanto el dolor que tuvo que sacarlo por completo. Lo hizo de una manera tan rápida que la volvió a raspar cuando lo sacó. Un sangrado salía de la vagina de Ivamar Santos. Tenía que comenzar otra vez. Tomó el crucifijo en sus manos. Respiraba, suspiraba.

El metal estaba frío y caliente a un tiempo. Era demasiado pesado como para aguantarlo sin rasgarse la trompa en dos. Cuando tenía dentro el cargador y la corredera, se puso de pie. Le bastó caminar cinco pasos para que las lágrimas salieran de su alma. Faltaba entrar el armazón. Lo lubricó lo más que pudo. Mordió una almohada que encontró cerca y empujó el armazón dentro de su sexo. Las gemelitas jugaban muñecas en la habitación contigua. Podía sentir el metal dentro de su cuerpo. Al caminar, chocaba con las paredes. Bajando las escaleras, casi se le sale una pieza. Sujetó su sexo con las manos y empujó hacia dentro haciendo fuerza con las piernas.

En la cárcel, el hombrecillo desmedrado, paliducho, la esperaba para auscultarla. El dolor era insoportable. Si Ivamar Santos hubiera imaginado lo que sería expulsar las partes de la pistola, hubiese dejado su destino a la suerte. Los gritos de dolor angustiaban a Malafé, lo desesperaban. Le buscó agua, refresco, pan, un libro, pastillas para el dolor.

Un sangrado salía de la vagina de Ivamar Santos. Había podido sacar el cargador. Sus labios se abrían y cerraban a tiempo con su respiración. Malafé limpió la sangre del suelo y un poco de mierda que Ivamar Santos dejó caer cuando sacó el cañón. Por un momento no estaban seguros de poder sacar la otra parte del arma. Ivamar Santos se desmayó intentando sacar el armazón. El doctor de la prisión la levantó con el alcohol que le puso en la nariz. Estaba desnuda. Tirada en el piso. Amarilla. El doctor la examinó con una linterna médica. Tenía los ojos hundidos y perdidos. Ivamar Santos los cerró y se quejó del dolor. Malafé buscó un poco de agua para que tragase el calmante. Pidió ayuda para vestirse y en el proceso volvió a desmayarse. Se levantó pasadas las ocho de la noche, llorando.

Con la ayuda del doctor de Malafé, de uno de los motores, del guardia que cubría la puerta, completó el pedido. Casi llegando las tres de la mañana, con el último empujón, quedó tendida en el piso. Abrió los ojos en la cama de Malafé, vestida y con un suero hidratándole el cuerpo. Malafé le pagó nueve mil dólares.

Ivamar Santos duró un mes en recuperación. Doña Sonia no le preguntó por la pequeña mancha roja que tenían todos sus pantis. Las gemelitas la consentían, le cantaban canciones, veían comedias estadounidenses, e Ivamar Santos inventaba los diálogos entre los personajes de forma ocurrente y graciosa. Antes de dormir, se preocupaba por cambiar y lavar sus pantis.

15

El calentón del día era intolerable, las once de la mañana apenas. El chofer que me buscó en Baní me llevó a un edificio de forma irregular y altura variable. El edificio tenía los mismos tonos que el uniforme militar, que en tiempos había sido gris con verde, pero ahora estaba desvaído y era de un pesaroso tono verdoso con blanco. Una señora vendía tostones con carne frita en el parqueo. Quise comprarle una ración, pero el chofer que me buscó en Baní me dijo que si me estaba volviendo loco, que si no entendía que me estaban esperando, y al final me dijo «sargento», como para ver si así yo recapacitaba. Me dejó en la recepción de una oficina. En el mismo sofá, en que al principio dudé si sentarme, estaban dos oficiales de rasgos singularmente vagos. Detrás de la secretaria colgaba una foto del presidente. El chofer salió, no sin antes decirme que me esperaba en la planta baja. Fue lo único que me dijo en todo el día. En el camino le hice varias preguntas para alegrarle el rostro amargo; nada. Le pregunté si había ganado el Licey y la preferencia de su equipo de béisbol, pero se hizo el sordo. Su negligencia y solecismo parecían formas de desdén. Me dio la impresión de que este señor constaba su realidad, su momento: el momento en que el hombre sabe para siempre a qué ha venido a este mundo.

La secretaria me pidió que pasara a la oficina e inmediatamente los dos con los que compartía el sofá se quejaron. El teniente Peralta no me recibió como imaginé. Lo hizo sonriendo, invitándome a sentar. Narró con mucho humor lo sucedido en

La Toma de San Cristóbal. Preguntó por mis padres; le mentí porque no sabía qué responderle. Hizo una reflexión irrelevante acerca de su vida. Lo hizo con periodos tan cabales y de un modo tan vívido, que entendí que era feliz. Consiguió lo que anhelaba su corazón, le había costado mucho trabajo conseguirlo, y acaso no hay mayores felicidades. El teniente Peralta no tenía más virtud que la infatuación del coraje, nada había cambiado. Tomó un vaso corto y caminó hasta acercarse a la puerta donde había un pote de cristal sobre una credenza. Sirvió un licor y lo tomó de un trago. No me invitó. Dijo que no tenía trabajo para mí en ese momento, pero no lo dijo como si se lamentase. Me sugirió volver a trabajar en el periódico, de todos modos podía conservar mi sueldo militar. Eso me alegró y se lo hice saber. Cuando intenté levantarme del asiento frente a su escritorio, me dijo que me sentase con una voz diferente a la que habíamos venido hablando. Por los sonidos del hielo y el cristal, intuí que se había servido otro trago. Saltó a hablar de literatura. Me confesó que nunca había leído un libro completo. Quise hacerle mención a *Parerga und Paralipomena* y decirle que todos los hechos que pueden ocurrirle a un hombre, desde el instante de su nacimiento hasta el de su muerte, han sido dejados por él, pero ni yo sabía si eso venía bien al tema en cuestión. Me preguntó para qué leía tanto, y la verdad no supe responderle. Sólo me encogí de hombros. Entonces, de repente, Traci Lords me llegó a la cabeza. Por breves minutos estuve pensando en todo lo que haría tan pronto llegara a la casa. Pero ahora tenía que atender al teniente Peralta y Traci Lords no tenía planes de dejarme tranquilo. Para espantarla tosí, e hice un raro sonido con la garganta, me cambié de postura, me tapé la nariz y batí la cabeza como si tuviera agua en los oídos.

—¿Cuánto ganas? —me preguntó, fijando su marcialidad en mí.

—Siete mil pesos mensuales —le dije, haciendo énfasis en la palabra mensuales.

—Para poder conservar el sueldo tendrás que darme la mitad —dijo, o bueno, quiso decir porque honestamente estas no fueron sus palabras textuales.

Justificó el atrevimiento echándoles la culpa a los contables y a los de recursos humanos. Contó una historia que había pasado hacía unos meses en donde se había abierto una investigación en contra de un general del Ejército. Al parecer se le olvidó que nos conocíamos desde la infancia. Se le olvidó que cuando dice mentiras comienza un parpadeo insaciable en los ojos. Le respondí que no había problema porque tuve miedo de responderle otra cosa. Sirvió otro trago y me preguntó si quería. No, imbécil, eso quise decirle. Otra vez bromeó con lo ocurrido en La Toma pero no me hizo tanta gracia. A veces hablo de más, y más cuando me siento impotente. Se lo dije al chofer viejo este, y no me importó que pudiera delatarme: ¡Qué sentido tenía para él quedarse con mi mísero dinero! Las segundas palabras del chofer fueron un tanto tranquilizadoras:

—Uno no; cien sí.

La única causa para que le hubieran detenido el furgón era que Malafé no hubiera hecho el pago correspondiente. Cuando Ivamar Santos llegó a la aduana con dulces típicos, la encargada no quiso darle detalles con respecto a la detención del cargamento. Sólo que, en días pasados, habían recibido varios furgones de electrodomésticos y que, tan pronto terminaran con ellos, avanzarían con los de plásticos.

Ivamar Santos había recibido su pago, incluso antes de llegar a Santo Domingo. La segunda vez que habló con la encargada pidió hacerlo con el supervisor y este le atendió. Ivamar Santos, con su ágil manera de comunicarse y topándole los brazos al supervisor cada vez qué tenía la oportunidad, preguntó por el motivo del inconveniente. El supervisor, que no llegaba a los treinta años, le dijo que en su poder estaba sacar las mercancías ese mismo día de ser necesario, mas la compañía transportista del furgón no le daba el acceso para inspeccionar. De seguir así, las autoridades tendrían que involucrarse en el proceso. Durante el vuelo, Ivamar Santos había repasado el valor que había dentro de las sillas y mesas, y había estimado un poco más de medio millón de dólares. Le pidió el número de la compañía de seguridad y los llamó.

—Hola, mi amor, ¿cómo estás? Soy yo. Oye, cariño mío, ¿qué es lo que pasa con el acceso para las aduanas? Mira que ya pagué los impuestos y tengo que regresar a Maracaibo.

—*No, preciosa, no hay pago, no hay nada.*

Ivamar Santos se alejó del supervisor aduanero culpando a la poca cobertura en la oficina. Salió al patio.

—Pero, mi vida, hablando la gente se entiende. Me parece raro que no te hayan pagado, Malafé seguro no sabe eso.

—*Sí, él sabe. Él me pagó, pero muy poco para lo que hay en ese furgón. Idiota no soy.*

—No me cambies el juego ahora, papi. Mira que la relación de ustedes es vieja.

—*El juego sólo cambia cuando se abusa, mami.*

—Escúchame bien, si la policía o alguien sospecha de mi negocio, vamos a tener problemas, ¿me oyes?

—*Ah, no, mamita. Que eso no te mortifique, mientras esa gente crea que van a detener la droga y el narcotráfico matando gente, a ti nada te va a pasar.*

Ivamar Santos cerró la llamada para hablar desde su teléfono con Malafé, pero él no le contestó. Empezó a desesperarse. Ivamar Santos sudaba en el bigote y había dejado los lentes de sol en el hotel de la avenida Sarasota. Intentó sin éxito sobornar a los asistentes del transportista, que se encontraban sentados encima del furgón.

—Buenos días, mulatos. ¿Ya desayunaron?

Los muchachos se miraron entre ellos.

—Seguro que no, aquí les traigo algo para que desayunen bien.

Ivamar Santos tomó un sobre que llevaba en la cartera y empezó a contar billetes delante de ellos.

—Mire, señorita, vamos a dejar que se vaya y no le vamos a decir nada al jefe, porque después vamos a tener que matarla, y nadie quisiera matar a una mujer como usted. Váyase de aquí ahora mismo —le dijo uno de los ayudantes.

Ivamar Santos sintió el caliente del suelo subirle por las piernas hasta llegar a su corazón. Guardó el dinero y regresó a la oficina. Volvió a llamar al transportista, volvió a llamar a Malafé, y ahora ninguno le contestaba. Le pidió agua a la secretaria cuando su celular sonó y presentó en la pantalla un número desconocido. La voz de Yasmín se confundía con su llanto.

—¿Yasmín?

—*Sí* —gritó con dolor—. *Lo mataron, me lo mataron.*

—¿De qué hablas, Yasmín, a quién mataron?

—*Lo mataron, me lo mataron.*

—¿Pero que a quién?

—*A Malafé lo mataron, coño, me lo mataron.*

Ivamar Santos cerró el teléfono inconscientemente.

Llegó diciembre a mi casa, mis vacaciones y también mi madre. Ella había encontrado a mi padre con una noviecita peruana. Lo abofeteó y le tiró un zapato tal cual lo hacía cuando yo me estaba «portando mal». Lo encontró en Larcomar. Nunca me creí eso de *lo encontré*. Conociendo a mi madre, seguro tenía meses trabajando de detective privada, y seguro tenía pensada la mejor manera posible de enfrentarlo, y seguro cuando vio que la peruana tenía la mitad de sus años, olvidó. Me dijo que la peruanita era fea, revejida. Mis dos hermanas se quedaron en Lima; no con mi padre: ya ellas vivían en casas separadas.

De repente mi madre empezó a ser más complaciente que nunca. Me hacía lasaña con arroz, me compró un celular, pantalones, camisas. «Para que lo gaste una cualquiera, mejor lo gastamos nosotros», me decía melancólica cuando estaba a punto de pagar. Y ya que estábamos en esa, me aproveché. Le dije a mi madre un tanto desilusionado que había trabajado estos dos meses con la esperanza de comprarme los tenis Jordan #3, que me habían tenido enamorado desde que salieron en el ochenta y ocho, pero que mi sueldito no me lo permitía. Antes de que pudiera explicarle por qué me gustaban tanto, me preguntó dónde los vendían. Mis palabras fueron el toque del Rey Midas por poco tiempo. Algo habría dicho mi padre para convencerla y tenerla de vuelta en sus brazos antes de veinte días. Me dejó como herencia un ordenador Compac. Grave error. Si escribo la letra P en el navegador, aparecen seis páginas de internet distintas, las cuales me conectan con

todas las imágenes y todos los videos de todas las mujeres que todas las mentes pudieran imaginar. Fácil, que si mi padre hubiese
tenido esto, yo no hubiese nacido. Habría podido, como yo, hacer
el amor con mujeres inimaginables. Seguro que con mi madre no
estaría. A todas estas, ¿qué hace el sexo en el internet? Que alguien lo saque, por favor.

18

Malafé había sido poco dado a las actividades deportivas. Durante sus primeros meses en Sabaneta había intentado jugar baloncesto con tres policías, tomó un rebote y al caer le enyesaron una pierna y casi se disloca la muñeca. El ajedrez le entretenía mejor, le permitía apostar. En repetidas ocasiones había jugado también al prestamista; el señor Blas rara vez tenía dinero. Pocas cosas se sabían del señor Blas: que tenía catorce años encerrado y pocas esperanzas en salir. Que mató a su mujer cuando la encontró haciendo el amor con uno de los muchachos del barrio, que mató a la suegra por permitir vagabunderías en su propia casa (estaba ajena a todo, pero el señor Blas no le permitió que le explicase), que mató a la cuñada (menor de edad), era cómplice según él. No mató al muchacho del barrio aunque le dio con el mismo bate en la cabeza; sus manos y brazos lograron cubrirla lo suficiente para sobrevivir. El señor Blas informó a los vecinos lo que había pasado en la casa de su suegra, les pidió refresco. Caminó sin un rumbo fijo hasta ser interceptado por las autoridades, casi a la salida del pueblo, próximo al cementerio.

Los domingos Malafé jugaba ajedrez casi todo el día. También jugaba dominó y, si estaba muy de ánimos, una que dos manos de ping-pong. Él no sabía que iba a morir, por eso salió. Jugaba franqueado por los motores en unos de los pasillos del segundo nivel. Por una de las ventanas, podía oler la carne de cerdo frita que mandó a preparar para comer junto al señor Blas. Bebían cervezas y entre las partidas hablaron de Laura. Le mostró una foto. Sus ojos brillaban como la amatista en la oscuridad. Se comieron el cerdo frito con patatas y ajo. A Malafé le encantaba la fritura y el ajo, sobre todo el ajo: su olor, pelarlo, su sabor. Los motores comieron pan con queso.

Habían reanudado la partida aunque no lograron terminarla. Malafé acababa de lograr la defensa berlinesa cuando uno de los motores lo apuñaló tres veces en la espalda. El cuerpo, de cara al suelo, temblaba como un pez en el desierto. Con mucha discreción, el señor Blas se levantó de la silla y salió caminando hasta ser interceptado por las autoridades. No encontraron pruebas en su contra. Los motores estuvieron aislados, interrogados, torturados por algunos días. Sabaneta estuvo desorientada por dos semanas, hambrienta.

Sería aventurado afirmar que, gracias a eso, el señor Blas había sustituido a Malafé, pese a que cumplió su promesa de reducir significativamente el pago del obligaíto.

Tras cortar la conversación telefónica y, con ella, el llanto de Yasmín, Ivamar Santos supo que tendría que prescindir de su comisión para pagarle al transportista. Pidió entregárselo a un asistente, pero él insistió en hacer la entrega del dinero en una mayor intimidad. La citó en la Feria Ganadera a las nueve de la noche. Confió en ella; libró el furgón.

Ivamar Santos no se marchó de las aduanas hasta que logró ver el último camión partir hacia Villa Altagracia. Estuvo intranquila y sólo se le pasó cuando le confirmaron los kilos obtenidos de los plásticos. Ya en la feria, fue caminando entre los caballos. Un señor mayor salió de la nada espantándola. Cargaba alimentos. La voz que le llamó al celular era ronca, tenaz, con diferentes matices, un runruneado acento cubano que parecía fingido. Le ordenó seguir caminando por los caballos hasta encontrar un camino empedrado. Ivamar Santos intentó hablar cuando sintió un quebranto galillado. Al final vio el letrero de un restaurante, El Rancho. Pisó un gran trozo de desperdicios de caballo. Ignoró el olor, el miedo tenía ocupado su olfato.

Entró al restaurante y la voz se apagó. El lugar estaba lleno de vaqueros, o al menos de personas que vestían como vaqueros. Sus camisas eran azules o rojas, con pequeños cuadros blancos, más parecidas a manteles de mesas. La recepcionista la recibió con una sonrisa que duró pocos segundos. La cambió por una sugerencia que escondía la orden de limpiarse los zapatos en las piedras de la entrada. Ivamar Santos sintió parpadear sus piernas. Tomó su crucifijo con las dos manos, cerró los ojos, se perdió.

La recepcionista salió a avisarle que la esperaban en la mesa. La paseó por el restaurante hasta llegar donde el transportista. Olía a humo, tanto de tabaco como de las parrilladas de carnes que salían con constante frecuencia de la cocina. Su apariencia humilde, apacible, la tranquilizó. El transportista tenía puesto un sombrero de vaquero. Con la poca luz de la mesa no se podía distinguir su rostro. Sus brazos eran blancos con pelillos rubios. Estuvo en silencio hasta que una camarera llegó con un vaso de agua y un vodka con limón. El transportista sujetaba el centro del sombrero cuando terminaba un sorbo.

—Aquí está. —Ivamar Santos le pasó una cartera por debajo de la mesa—. Está todo —dijo.

—Toma tu cartera. Mi problema no es contigo, muñeca, es con Malafé. Quiere hacerse más rico a costillas de otro. Y yo no le tomo miseria a nadie. ¡Uno sabe cuánto vale todo eso! Cuidado si él piensa que yo soy bruto.

Pasó la cartera por el suelo.

—Dímele a él que esto va a volver a pasar cada vez que él se quiera aprovechá.

Ivamar Santos le avisó la muerte de Malafé con mucha solemnidad y aflicción. Le molestó que el transportista no ocultara su felicidad: de un sorbo se bebió el trago de vodka con limón. Pidió otro. Ivamar Santos permaneció en silencio, apretando los dientes, trancando la mandíbula.

—¿Lo querías?

—A usted eso qué le importa.

El transportista se quitó el sombrero. Era calvo, se pasaba la mano por la cabeza tan a menudo que uno sospechaba que se sentía bastante incómodo por haber perdido el cabello. Recordó cómo conoció a Malafé cuando todavía no le salía el bigote. Venía trabajando con él hacía tiempo. Le habló del segundo que se atrevió a transportar el plástico, Edison, un nicaragüense que por bocón y por miedoso acabó muerto. El transportista tomó un trago y se limpió los labios con las yemas de los dedos, luego las pasó por la calva. Habló con algo de nostalgia de su primer viaje, una alta marea aventuró la travesía una de las noches. En el mismo tono habló del primer transportista. Joven, fuerte, lleno de vida, de alegría. Se hacía llamar Oriol.

Entonces pasó las manos hacia el centro de la mesa para despojar unos panes de agua. Pidió un papel a la camarera. Le dibujó todos los escenarios posibles en los que ella podía tomar el control de las operaciones, la facilidad en desarrollarlo. En el papel hizo un plan de negocio, rayó la ruta. Dibujó Venezuela y República Dominicana, hizo una *X* en Maracaibo, otra en Santo Domingo. Abajó lo firmó: «Ivamar Santos dueña del mundo».

Como mi madre había decidido volverse, pasé Nochebuena con la familia de Pilar en su casa de Constanza, para muchos el municipio más frío de la media isla. La mamá de Pilar, muy bien conservada, de párpados y ademanes afligidos, cocinaba los mejores pasteles en hojas que he comido. Cenamos de todo un poco y bebimos Brugal. Jugamos dominó para hacer la digestión y bebimos Brugal. Empezamos a hablar bajito porque los padres de Pilar se fueron a acostar y bebimos Brugal. Pasada la medianoche, fuimos al parque a beber Brugal. Alguien tenía un equipo de música en su carro, lo rodeamos, y seguimos bebiendo Brugal. Bailamos, oímos la bachata de Anthony Santos, hicimos una fiesta improvisada en el parque y alguien hizo un tiro al cielo, mientras bebíamos Brugal, asustados. Llegamos a casa, hicimos cuentos de Pepito y antes de dormirnos, bebimos Brugal. Esa noche hablé con Pilar de cosas que no había hablado con nadie: Ivamar Santos. Supo que era lo que yo más había amado en mi vida. Le dije de ese año: aunque supuso la jubilación temprana de cupido, sigo pensando que aquel año escolar fue inolvidable, sin duda el mejor de todos. Incluso le dije que ella era la razón por la que a mis treinta y dos años conservaba mi virginidad. Lo único que me guardé para otra ocasión fue mi vida con Traci Lords.

—Tu vida es *too fuckin* rara, deberías escribir esa vaina —dijo Pilar sin dejar de reírse—. Y aunque tú ere medio loco te voy a enseñar par de amigas mías pa que depeje la mente.

Pilar no terminó de entenderme. Al otro día volvimos a Santo Domingo. Nos paramos en una panadería a desayunar. La señora en la registradora nos dijo que olíamos a Brugal.

Era la primera vez que Ivamar Santos iba a un ginecólogo, y si no fuese por el perdurable calentón en la trompa y por la picazón que sentía al mojar su sexo mientras se bañaba, no hubiese ido. Los pasillos de los hospitales siempre le habían estremecido. La luz clara, los colores muertos. El doctor estaba en medio de sus dos piernas abiertas, mucho más cerradas que para expulsar las bolsitas de cocaína. El doctor sujetaba sus lentillas para hablar, como si eso le añadiera confianza. Era estirado y flaco. Le hizo la prueba de Papanicolau.

—¿Por qué no te habías hecho esta prueba antes? —le preguntó el doctor. Ivamar Santos se encogió de hombros.

Le escribió en un papel de recetas el nombre de la persona por quien tenía que procurar en el laboratorio. Dijo que era urgente.

—¿Pasa algo, doctor?

—Eso lo veremos en los análisis.

Las cuatro horas que pasó esperando los resultados parecieron dos días. Las pastillas que le prescribió el doctor le habían mejorado el dolor. Los pasillos estaban más estrechos. Caminó guardando el crucifijo en sus dos manos. Otra vez en el consultorio, el doctor revisó los análisis de sangre y la biopsia. Movía su bolígrafo en la hoja, de arriba para abajo. Se quitó las lentillas, se las puso otra vez. Miró la hora en el reloj de su muñeca, también en el que colgaba de la pared. Levantó dos radiografías hacia la luz del techo. Se quitó las lentillas, miró a Ivamar Santos, se las puso otra vez. Se paró del escritorio con las dos radiografías en las manos, caminó hacia una mininevera, sacó un jugo de naranja, volvió a mirarlas. Puso el jugo en la mesa, dejándose caer en el sillón. Tomó el lapicero, rayaba líneas curvas sin ningún sentido en el papel.

—¿Tienes relaciones sexuales muy frecuentemente? —preguntó el doctor sin quitar la mirada de las rayas curvas.

Ivamar Santos negó con la cabeza y con la respiración.

—¿Cuándo fue la última vez?

Tragó saliva lentamente. Chocó sus piernas, unas cien veces.

—No recuerdo —dijo compungida

El doctor se quitó las lentillas, se las puso otra vez. Sugirió ir a la camilla. Ivamar Santos no sintió dolor cuando el doctor la examinaba. El lubricante estaba frío. El doctor seguía fingiendo la tos. Se quitó las lentillas, topó el tabique, se las puso otra vez. A Ivamar Santos le preocupó el rostro nervioso del doctor.

—¿Qué pasa, doctor? ¡Diga algo, doctor! —Ivamar Santos empezaba a desesperarse.

—¿Tienes hijos? —preguntó el doctor parándose del banquillo y quitándose los guantes de látex.

—No, doctor, pero como si fueran. Tengo dos hermanitas.

Al doctor le tomó mucho tiempo sentarse en el sillón, antes, tomó el lapicero para abrirlo y cerrarlo con rapidez. Bebió más jugo. Le costó mucho decirle que algo había transformado las células normales del cuello del útero, que algo las había hecho crecer descontroladamente y ese algo había causado el cáncer uterino. Al hablar hacía muchas pausas, bebía más jugo de la cuenta. Los relojes sincronizaban en la misma hora. El doctor sacó lo positivo de la extirpación radical del útero, casi le aseguraba terminar con la enfermedad. Luego pasó a hablarle de la suerte que tuvo al detectarlo temprano. El doctor quiso aliviar la situación explicándole cómo el cáncer en el cuello uterino por lo regular no presenta síntomas ni signos. No lo consiguió. Ivamar Santos cerró sus piernas, juntaba nudillos y rodillas. Tomó el crucifijo entre los dedos. Salió con un día de operación, calmantes y pomadas. Durmió toda la noche con una mano en el vientre y otra en su sexo. Quiso creer en los milagros.

Ivamar Santos empezó a hablar menos. El día de la operación logró que doña Sonia asistiera a las enfermeras en la cirugía. Ella sugirió la anestesia general. La operación fue un completo éxito, rápida y eficiente. Todas se reunieron las dos noches en la habitación del hospital: doña Sonia, las gemelitas, Yasmín, Andreina. Comieron helado. A Ivamar Santos le faltaba el útero con todo su cuello y la parte superior de la vagina. Le faltaba hombría. Desde ese momento, las gemelitas le llamaron mamá.

21

Mi madre regresó de nuevo a casa. Esta vez, peor que nunca. La noviecita peruana de mi padre estaba embarazada. Quise detener su sollozo con consejos, los cuales ella prometió cumplir, pero no lo hizo. Duró tres días hablando con mi padre por teléfono. Lo que parecía un concurso para ver quién podía insultar mejor, ya terminaban las conversaciones tirándose besos. Mi padre había pedido un traslado de ciudad y pronto se iría a México, de esa forma no vería más a la peruana. Un mes más tarde, mi padre y madre vivían en un pequeño apartamento en la Ciudad de México. Mi padre le prohibió a mi madre mandarme dinero sin su autorización.

—Ya ta bueno de talo manteniendo —esas fueron sus palabras exactas.

Me pareció una decisión un tanto radical y apresurada. Seguro la boquita de mi madre le había dicho todos los consejos que le había dado y, como no había ninguno a su favor, más bien en contra, decidió cortarme de raíz. Me acordé de uno de los refranes de abuelo: «La única manera de no mojarse es no estando en la lluvia». El periódico en ese momento no tenía vacante disponible y tuve que vender mi Compac para poder llegar a fin de mes. Pilar me sugirió que compartiera una casa pequeña con un amigo que conocía y rentara la mía. La diferencia entre el pago del alquiler por mi casa y el pago del alquiler por la habitación del amigo de Pilar me ayudaría a sobrevivir mejor.

Le alquilé la casa a una familia amiga de doña Rita, viuda de don Marino. Me mudé a una habitación, si he de llamarla así por

eso de que está habitada, no por otra cosa. Tenía un techo inclinado y agrietado donde en más de una ocasión me di en la cabeza con un madero que salía y que yo nunca me percataba de que
estaba allí, hasta que me acostumbré. Con el tiempo tomé conciencia de los entrantes y salientes de la habitación y hasta a cie-
gas hubiera sido capaz de andarla sin chocar.

22

Todo cambió. Ivamar Santos se retiró del negocio, comía más, pasaba más tiempo durmiendo. También fue terminando su amistad con Yasmín. Temporadas más tarde, se enteró de que se había ido a vivir con una tía a Miami.

Doña Sonia decidió retirarse de las salas de emergencia. Lo hizo por su salud, porque si fuera por ella todavía estaría trabajando. Sus piernas no aguantaban su sobrepeso y los moretones de los pies empezaban su efecto. Ivamar Santos le compró un andador que siempre rehusó utilizar. Doña Sonia cocinaba la comida que Ivamar Santos compraba en el mercado. Regañaba a la señora de limpieza, terminaba las tareas de las gemelitas. Intentó, aunque de manera efímera, pintar bailarinas de ballet. Doña Sonia no volvió a salir de la casa. Cambió de religión varias veces. El día que despidió a una de las sirvientas, un señor tocó en medidas desesperadas el timbre. Mucho le costó abrir la puerta. Un señor gordito y simpático le saludaba al otro lado de la puerta. Buscaba a Ivamar Santos y se hacía llamar el Tío. Mientras Ivamar Santos recogía a las gemelitas del inglés, hablaron del islam, del judaísmo y de la vida. Le argumentó su teoría de los doscientos años. El Tío, disimuladamente, disfrutaba la conversación.

Pero lo que de verdad venía a contarle a Ivamar Santos es que, cuando Oriol se enteró de la muerte de Malafé, tomó un vuelo directo a Caracas y otro a Maracaibo. A Malafé nadie lo lloró. Ni siquiera Laura. Aunque Oriol sintió la obligación de informarle:

—¿Quién? No sé de qué me hablas —y le trancó el teléfono, airada.

Oriol había decidido comprar entonces una residencia venezolana por tres años. El documento soportaba su estadía con trabajo. Había heredado el negocio de Malafé. No el microtráfico de
Sabaneta. Bien claro estaba que todos los que pudieron tener relación con Malafé, con tan sólo llegar al estacionamiento de la cárcel, estaban muertos. Un número más en la lista del señor Blas. En
el noticiero dijeron que Sabaneta se había reformado. Abrieron un
centro de capacitación en donde los internos podían realizar cursos
técnicos. Los niños, a partir de ese momento, estarían sólo de visita.

Oriol había creado una empresa formal de productos plásticos. En días pasados, hizo un comercial que catapultó la marca en
semanas: un luchador de sumo salía detrás de una tela negra y
enfrentaba una silla plástica con marca genérica. Con tan sólo re-
cargarse en los apoyabrazos, la silla se rajaba en dos. El luchador
de sumo reía y se golpeaba el pecho. Chocaba los pies fuertemente
contra el suelo, en señal de victoria. Para aguar la fiesta, salió un señor con bata de doctor y una libreta de apuntes. Su asistente, también con bata, traía la silla de propaganda. El peleador brincaba
en la silla tan alto como podía. Se detenía para secar el sudor. Volvía a saltar. Se golpeaba el pecho refunfuñando un idioma extraño.
Volvía a saltar. Sentía tanta impotencia que tomaba la silla y en un
grito guerrillero la lanzaba contra la pared. La silla no se doblaba.

La empresa de Oriol alcanzó el mayor reporte de ventas en
toda Venezuela. En cuatro meses arrasó en Colombia y en Tri-
nidad y Tobago. Oriol ahora tenía dos ingresos y el total despis-
te de las autoridades. Exportaba sillas a todo el Caribe y parte de
Centroamérica, pero sólo las del Caribe estaban «contaminadas».
A él siempre le gustó el Caribe, que así como su gente, era feliz,
relajado. Se encargaba de la logística de producción y de transporte. De cobrar el dinero, pagar, hacer ajustes, de la amortiza-
ción. Todo lo demás era del Tío.

Por eso lo había enviado a convencer a Ivamar Santos para
que representara la marca no sólo en la República, sino en todo
el Caribe.

23

El amigo de Pilar era un gringo medio raro, se llamaba Alfred. Se habían conocido en Nueva York, no recuerdo cómo. Alfred estaba haciendo una pasantía en Odontología en el país. Le quedaba poco más de un año para terminarla. Eran las cinco de la tarde y antes me había comido un gran plato de arroz con huevo, no fácil de digerir. Me dejé caer en la pequeña cama y me entró un sopor tan grande que sólo tuve fuerzas para quitarme los zapatos. Desperté un tiempo después cuando sentí los ruidos en la sala y unos pasos que iban caminando por toda la casa. Había dormido en una mala postura y tenía el cuello adolorido.

La puerta de mi habitación estaba abierta y no tenía puestas las medias. Quise buscar mis zapatos y los encontré encima de una silla. Tosí, me levanté, oí que alguien había abierto el grifo del baño de visita y volvió a cerrarlo. Me quedé parado al lado de mi cama cada vez más nervioso. Hasta que no comprendí que aquel estruendo venía del altavoz de Alfred, estuve asustado. El vocalista gritaba toda la canción como si estuviese desesperado, la guitarra eléctrica hacía chillidos demasiado finos. Empecé a oír unos golpes en las paredes de la habitación de Alfred cada vez más fuertes; salí a la sala. Alfred también gritaba como el vocalista. Desde el pasillo pude verlo: tenía el cabello negro y largo, casi por los hombros. Se quedó viéndome hasta que empezó a caminar para la cocina. Distinguí verle una cortadura en la cabeza, de donde salía un poco de sangre. Tomó una servilleta y se la colocó en la frente. Regresó a su habitación y volvió a encender las bocinas.

Nuestra vida en común, por lo demás, no fue difícil. Cada diez días venía una señora a hacernos la limpieza de la casa y el resto del tiempo cada uno limpiaba lo que ensuciaba. Sigo creyendo que Alfred me llegó a robar algunos pantaloncillos mientras los secaba al sol. Algunas noches me iba por ahí con Pilar, él salía y llegaba temprano en la mañana. Si estaba despierto a su llegada, no se dejaba ver el rostro, pasaba todo su pelo hacia delante. Al principio nuestra conversación no era muy fluida, por cuestiones de cultura; más bien nos comunicábamos por gestos o señas. Mientras desayunábamos hablábamos de béisbol, que siempre ha sido uno de mis temas favoritos, pero la verdad es que Alfred no era muy conversador y tampoco le interesaba tanto el béisbol. Era de los Yankees porque cuando tenía doce años fue al estadio con su padre. Se frotaba la nariz como si le picara. Un ademán que, viéndolo repetidas veces, acabé por interpretar como señal de que le importaba muy poco de lo que se estaba hablando. Se dirigía hacia mí con una mirada inexpresiva.

Alfred era bastante callado. Aparte de su música y los golpes en las paredes, no tengo quejas. Me dejaba usar su computadora cuando él no estuviera necesitándola. Aquel año sacamos un plan de internet y cable, lo que me llevaría a mi nuevo amor: Jenna Jamenson. ¡Bendito sea el internet! Tenía a Jenna Jameson con sonido, en video, con historias. Boté a Traci Lords. Nunca pensé que diría esto, pero en cierto modo era obsoleta. Un día Jenna Jameson y yo tuvimos siete citas. Terminé con el miembro con una cortadura donde salía un pequeñísimo sangrado que ardía al tocar el agua. Creo haber visto todos los videos colgados en las páginas de internet para adultos. Tuve que pagarle al informático del periódico para que limpiara los virus que habían ingresado al software por unas de esas páginas. Alfred se topó varias veces con la sorpresiva publicidad inescrupulosa (no sé dónde aprendió esa palabra). Cada vez que me preguntaba, negaba conocer la razón por la cual lo hacía.

Las noches en las cuales Alfred no estaba, a eso tipo once de la noche, el canal cuarenta y siete pasaba un *soft porn* que no estaba mal. Era diferente, europeo. Iba por mi tercera cita del día cuando decidí ver mi último video de la noche. Jenna Jameson ya estaba en el baño jugando con los senos de su amiga. Hay un momento en ese video donde yo siempre pierdo las fuerzas, es como si mi sexo y mi mente estuvieran alineados para maximizar las sensaciones. Esos segundos ya estaban por llegar y mi mente y mi sexo y todo mi ser lo sabían. Ya casi, casi, casi. Pero entró Alfred.

Supe que a partir de ese momento nuestra convivencia nunca sería igual. Era la primera vez que lo veía tan de cerca. Sus ojos algo azulados me escrutaban bizqueando. Entré en cierta depresión. Aunque no dejé mis citas. Ahora las hacía con mucha más seguridad. Era incómodo, en la mirada que evitábamos, en las conversaciones que no teníamos.

Cuando abril se aproximaba a mayo estuve trabajando gratuitamente en el periódico, sólo para no estar en la casa. Alfred vendió la computadora y compró otra de apariencia más moderna. La colocó en un rincón de su habitación. En ocasiones, me tocaba la puerta del baño mientras me duchaba para preguntarme cuánto tiempo más tardaría. Mi cuerpo no parecía descansar en las noches y volví a chocar con el madero que salía. Alfred cambió la cerradura de su habitación y la aseguraba al salir de la casa. Si nos topábamos en la cocina o en el área de lavado, Alfred preguntaba quién había ganado el juego de béisbol la noche anterior y yo le inventaba cualquier equipo para no decirle que la temporada aún no había empezado. Una mañana encontré una nota pegada en la cubierta de la nevera. Alfred me pedía con mucha educación desalojar la habitación, argumentando que un primo de un amigo venía de Nueva Jersey a trabajar en el país. En la misma nota dejó claro el tiempo que tenía para recoger mis cosas y me eximía de los costos de electricidad, agua y gas. Vine a parar en casa de Pilar, donde compartíamos su cama. Pilar mueve las piernas de noche, y no necesita mucho tiempo después de dormirse para clavarte sus rodillas en las costillas. Su familia era amable, conversadora, quizás su padre lo era demasiado. Un señor barrigón al que le gustaba beber cerveza desde las diez de la mañana. Largas fueron las tandas cuando él narraba su autobiografía. Lo peor no era lo aburrida y monótona que había sido su vida, sino que era feliz contándola.

24

A Ivamar Santos se le palideció el rostro cuando vio al Tío tomándose un café con doña Sonia. Ambos se alegraron al verle. Ivamar Santos les ordenó a las gemelitas subir a sus habitaciones con poco disimulo.

—Mamá, él es el químico del que te había hablado. A él le compro las prótesis de silicona.

El Tío asintió con la cabeza tomándose un sorbo de café. Ivamar Santos le pidió privacidad a doña Sonia para poder negociar un nuevo precio. El Tío la ayudó a levantarse del sofá. Doña Sonia se tambaleó un poco, puso dos manos en la mesa. Ivamar Santos le ordenó a su madre que se quedase sentada, ellos irían a conversar en el comedor. Doña Sonia suspiró, levantó la mirada al techo, se dejó caer en el sofá.

—Una vez leí que por mujeres como usted se destituyen reinas. Por ejemplo, la de mi casa, tiene sólo usted que dar la orden y la boto con todo e hijos. Sólo haga un gesto pues. Parpadee. ¿No? Bueno. Supe que resolvió con elegancia el inconveniente del último viaje, el transportista está encantado. Princesita mía, Grace Kelly mía, el cielo no ha parado de llover desde que se fue. ¿Usted oye bachata?

Una de las gemelitas llegó a la cocina, e Ivamar Santos se paró de la mesa para servirle refresco. También les arregló unas galletitas con queso.

—Vuelva, por favor. Mire, míreme los dedos, ¿ve cómo tiemblan en su presencia? Si pudiera ver el jadeo de mi corazón se asustaría. ¡Qué uñas más lindas tiene! Ese color le queda hermoso. Es como si hubiese nacido con él. No. Es como si ese color se hubiera hecho meramente para sus dedos. Bien sé que el payaso nunca le pide un favor a la princesa de Mónaco. Pero si no lo digo me muero: vuelva, por favor.

Ivamar Santos negó con la cabeza.

—¡Princesita, no! No te canses moviendo la cabeza. Sabe Dios, los ángeles y arcángeles que no he venido a molestarte. Mira, hasta pelo me ha salido después que no estás. Princesita, mire, venga a oírme, yo la amo, es que no hay otro verbo.

Esta vez, a Ivamar Santos no le hacía gracia la forma del Tío, más bien lo alentaba a terminar rápido su discurso.

—No sé si ha visto los comerciales, aunque imagino que no, el cable local no merece su tiempo, déjele eso a los mortales. Ahora todo es más fácil, tenemos una marca reconocida, respetada. Mi único objetivo es que a usted nunca le pase nada. Muchas tardes trabajé para hacerla sentir orgullosa, pero no tiene que estarlo, usted se merece a George Clooney, y yo con esta barriga estoy lejos de serlo. Rebajaré, se lo juro. ¿Quiere que haga algo más?

Ivamar Santos negó con la cabeza.

—Mire, le voy a ser sincero, es por mi socio. Según él, sus ojos han tenido la bendición de verle. Me hace ofrecerle y persuadirla a tomar el puesto de representante de nuestra marca en todo el Caribe. Tome este cheque que le mandó. Mire aquí el bolígrafo, escriba usted, princesita mía, la cantidad que desee.

—¿Cómo se llama su jefe? —preguntó Ivamar Santos, tomando lentamente el bolígrafo.

—Oriol.

25

Si otra vez terminé donde el teniente Peralta para solicitarle trabajo, fue porque ya no aguantaba más compartiendo cama con Pilar. Lo encontré en el parqueo de la institución. Me le acerqué y uno de su seguridad me impidió el paso, pero él ordenó que me dejasen. Me pidió que me montara en su vehículo y así lo hice. Atendía una llamada telefónica que tardó bastante en culminar. Cuando lo hizo me tendió la mano.

—Yo hago lo que sea, teniente Peralta, pero póngame a trabajar por favor.

—¿Cómo están tus padres?

—Bien. Oiga, necesito trabajo, pero mire a ver si no me manda para Baní, eso quisiera pedirle a usté.

Se rio y contestó una llamada.

—¿Tienes licencia?

—Sí, señor.

—¿Te sabes quedar callado?

—Sí, señor.

El chofer me miró por el retrovisor. El teniente Peralta me habló de un trabajo que sin duda sería una mejor manera de ganarme la vida. Me dijo que empezaba el próximo lunes. Me mudé a una pensión en la avenida José Contreras. Con el primer sueldo saqué una computadora y un contrato de internet.

Mi uniforme tenía que estar más cuidado y mejor planchado. Eliminar los lentes de sol, la gorra que no me gustaba usar no podía salir de mi cabeza. Hablaría lo necesario y contestaría lo que me fuera preguntado. Eso sí, tenía que hablarle de *usted*. Mis funciones principales eran conducir y escuchar. Debía comunicarle al teniente Peralta cualquier movimiento misterioso y bajo ninguna circunstancia podía dejar que la señorita Carol saliera sola. La llevaba a la universidad de lunes a jueves. La esperaba viendo las nalguitas temblar en cada pisada de las universitarias que se paseaban por la plazoleta de la universidad. Algunos días aprovechaba el tiempo entre sus clases para ir a pagarle el celular, el gimnasio, el alquiler del apartamento. Si la yipeta estaba sucia, y si el cielo no estaba nublado, iba al *carwash*. Manejaba una yipeta Lexus RX 330 blanca. Cuando estaba con ganas de leer, que cada vez era menos frecuente, leía un libro en uno de los bancos de la universidad. Podía oír a Tres Patines al medio día. Llegué a escribir dos o tres bocetos de cuentos que nunca pasaron de la primera página.

La plazoleta era un lugar lleno de mesas y sillas cubierto por las ramas de los árboles esparcidos naturalmente. Un lugar en el que, si no fuera por la cantidad de fumadores, se respiraría un aire fresco. Posiblemente el lugar con más conversaciones insulsas del mundo. Las mesas de hierro pintadas de blanco se dividían por carreras universitarias. Los muchachos caminaban con los cuadernos debajo del sobaco, discutiendo temas demasiado banales como para ponerles atención.

La señorita Carol por lo regular iba con ropa de gimnasio aunque bien maquillada. Era un rostro que ya había dejado atrás la infancia, pero que aún no era de mujer. Vivía en un apartamento frente al Mirador Norte. Cuando la muchacha que le hacía el servicio de limpieza no tenía tiempo, me tocaba sacar a pasear a Mila por el vecindario. Mila era una perrita que, si nos llevamos por las cuentas que hace en el veterinario, vale más que el oro. Algunas noches tenía que trabajar pero se me pagaba como servicios adicionales y muy bien. Lo regular era ir los viernes alrededor de las cinco de la tarde a la casa en Guayacanes. Era una casa frente al mar, apartada de todas las demás. La señorita Carol a veces era acompañada por sus amigas. Yo me quedaba esperando en el patio de la casa junto con los chóferes de los otros militares y funcionarios. Los rangos iban desde cabo hasta capitán. Amenizábamos nuestras horas en el patio oyendo la música que venía desde dentro de la casa y jugábamos dominó. En ocasiones, el teniente Peralta me llamaba al celular para que le buscase bebida o comida que había dejado en su vehículo. Entrar a esa casa era lo más parecido a entrar al Paraíso. Estaba decorada de blanco y azul. Los cojines del sofá tenían bordados anclas, botes y caballitos de mar. En la cocina un letrero decía: «Bienvenidos a la cocina de Leidi», la esposa del teniente Peralta. Había una mesa de billar donde dos señores jugaban con tres muchachas y una de ellas era amiga de la señorita Carol. Comida y bebida por doquier, un gran ambiente festivo. La cantidad de hombres era doblada por el número de mujeres que cubrían su desnudez con toallas cuando yo entraba. El teniente Peralta un día me invitó a quedarme con ellos y, con mucha educación, me excusé. Se lo dije al capitán Jiménez y al raso Soriano, pero no me creyeron. También me pagaban horas extra cuando el teniente Peralta citaba a la señorita Carol, bien avanzada la noche, en el hotel Delta de la avenida Sarasota. Yo los esperaba en el *lobby* del hotel leyendo los periódicos o bebiendo café o robándome los lapiceros.

Creo que la señorita Carol me tomó confianza o me la dejé tomar. Entendió que, porque yo era nueve años mayor, tenía ante ella un hombre experimentado con quien hablar. No sabía de mi superdotada imaginación. Con la señorita Carol pude crear el personaje que me hubiese gustado ser. Le contaba mis aventuras con mujeres, falsas, por supuesto. Le enseñé los puntos débiles del hombre y cómo tratarlos para siempre mantener el control, para mantenerlos enamorados. Nuestro momento de hablar era entre diligencias y compras de supermercado. Muchas veces la señorita Carol me invitaba a comer en la mesa con ella, no detrás del área de lavado, como lo hacía la doméstica. La señorita Carol se portaba muy bien. Sus salidas siempre eran las mismas al igual que sus cuatro amigas. Menos un día.

Normalmente yo la esperaba en el parqueo de un restaurante que estaba en la avenida Tiradentes, asiduamente frecuentado con sus amigas. Allí tardaban tres o cuatro horas, luego salían medio borrachas y yo llevaba a la señorita Carol a la casa. Ese día, por órdenes del teniente Peralta, tenía que fingir mi despedida. No había pasado una hora cuando el teniente Peralta me llamó. Me ordenó que fuera hacia donde ella y se la pusiera al teléfono. Cumplí sus órdenes. En el restaurante había pocas mesas ocupadas y en la suya sólo había dos amigas. Les pregunté por la señorita Carol y me dijeron que estaba en el baño, eso le dije al teniente Peralta. Me ordenó con autoridad que revisara los baños, fue la primera vez que me llamó sargento. La señorita Carol no estaba. El teniente Peralta dio una última orden:

—Ponme a una de las que están ahí, rápido, sargento.

La otra, la que estaba de frente, llamaba a sus amigas para que regresasen. Yo esperé a la señorita Carol fuera. Lejos pude ver cómo un carro la dejaba media esquina antes del restaurante, pero eso no se lo dije al teniente Peralta. Me pidió prestado mi celular porque el de ella se le había descargado. Entró al restaurante y una hora después me pidió llevarla a la casa. Al poco tiempo, llegó el teniente Peralta. Me saludó de la misma forma que saludó al portero. Subió con su llave hasta el apartamento. Habrá pasado algo más de hora y media para cuando me ordenó dormir sentado en el recibidor del edificio. También me ordenó que, a primera hora en la mañana, comprara pomadas y helado. La señorita Carol no iba a poder salir de la casa hasta que se le bajara la hinchazón.

A los días, el teniente Peralta volvió de noche. Me imagino que hicieron el amor: salió tan contento que me regaló quinientos pesos. La señorita Carol volvió al gimnasio y a casa de su mamá y a la universidad. Todo había pasado.

Yo tenía más de un año trabajando para el teniente Peralta. Estaba en forma. Regresé a mi casa de la calle El Portal. El trabajo de chofer era sencillo, el aire acondicionado de la yipeta era buenísimo y cobraba dos sueldos (el del militar y tres mil pesos que la señorita Carol me regalaba). Me puse en clases de natación con el profesor que iba al edificio para controlar el asma. La señorita Carol me invitó a su graduación, y yo invité a Pilar. Había terminado con su novia y andaba medio aloqueteada.

Las Fuerzas Armadas realizaron una feria de préstamos a unos intereses absurdamente bajos. Me compré un Honda Civic de 1999 azul marino. El vendedor me dijo que era recién importado, de gasolina, automático, con piel y *sunroof*. El préstamo fue a cinco años y la cuota mensual era descontada de mi mismo sueldo. A veces podía seguir acompañando a Pilar a los eventos sociales y beber vino.

Días después pensé que me iba a morir, llamé a mi hermana e hicimos las paces.

26

El negocio de las sillas iba viento en popa. Tanto que el gobierno venezolano reconoció a Oriol como el empresario del año. La prensa lo amaba. Aparte de emplear a cientos de personas para el negocio legal, realizaba muchas obras sociales. Se identificó con los labios leporinos. Le regaló una nueva sonrisa a cientos de niños venezolanos. Uno de ellos fue Paúl, un niño de siete años que salía en un comercial de televisión con fotografías de sus labios, de un antes y un después. Al final, Paúl daba su testimonio y le agradecía a la empresa y a Oriol por haberle ayudado. Circuló una entrevista de Oriol en los medios de comunicación. Cuando las gemelitas se preparaban las loncheras, doña Sonia la empezó a leer en voz alta. Agregó que era muy apuesto, se veía muy educado. Y como el diablo nunca duerme, doña Sonia le recomendó a Ivamar Santos buscar trabajo en su compañía.

—Al menos compláceme en algo —le dijo.

Ivamar Santos llevó a las gemelitas al colegio y siguió para la fábrica. Antes de que se bajara del vehículo, el Tío la esperaba.

—¡Dios existe, y oye mis oraciones! ¿Quiere venir a ver la producción que llevaremos a la República la semana que viene? Es una de la más grande, seguro que si es usted se gana sobre los cien mil dólares, es que es muy grande, ¿sí me entiende?

El Tío la llevó agarrada por toda la fábrica hasta llegar a las oficinas administrativas. La asistente de Oriol pidió dos minutos para notificarle su visita. Ivamar Santos sintió ese susto del amor, ese que hace que te tiemblen las piernas, la voz, el cerebro.

Oriol se paró del asiento y con un estrechón de manos la recibió en su oficina.

—¿Nos das un momento? —le preguntó al Tío para que saliera de la oficina.

Fue una introducción incómoda. Oriol se presentó con nombre y apellido, como si nunca se hubiesen conocido. Sacó unos papeles de su gaveta. Los puso encima de su escritorio para mostrarle los papeles del divorcio. Señaló con el dedo ambas firmas. Ivamar Santos se levantó de su asiento y comenzó a ver las fotografías que decoraban la oficina. Eran cientos de niños con él, mostrando el antes y después de sus labios. Eran de todas las razas, así como las bailarinas. Oriol se juntó con ella en una de las fotos.

—Ese es Ariel, tiene ocho años. Vive con su padre, su hermana y sus abuelos. Su madre murió dando luz a su hermano, que partió con ella. Este es Isesy, vino hace poco a la fábrica y está mucho más gordo. Corre todo el día. Esta es Jessica, me dice que va a ser modelo, no lo dudo, ¿viste qué lindos ojos tiene la niña?

Oriol puso su pecho en la espalda de Ivamar Santos. Apoyó la barbilla en los hombros de la mujer y con su pelo le acarició el cuello. Ivamar Santos se quedó casi inmóvil, jugueteando con su cabeza. Tomó sus manos y las apretó.

Ambos caminaron al escritorio. Oriol necesitó poco para convencerle de formar parte del nuevo equipo. El alza en el porcentaje de su comisión era más que generosa. Con las ganancias de su primer viaje, pagó el inicial de otro apartamento en Caracas. Ivamar Santos vestía de marca, las gemelitas también. Las cambió del colegio para que estudiaran en inglés. Compró una yipeta. El señor de la Mitsubishi Montero verde sería el señor de la Toyota Prado blanca. Ivamar Santos iba de dos a tres veces al mes a Santo Domingo. Compró también una pequeña casa en Samaná, frente a la playa. Era feliz. Vestía trajes formales, tacones *stiletto*. En las vacaciones, llevó a las gemelitas a Disney World. Bailaron con Minnie, colorearon con las princesas. Se tomaron muchas fotos para luego recordar, con doña Sonia, las mejores vacaciones de sus vidas.

La señorita Carol quería ir al restaurante Vesubio de la avenida George Washington a pesar del cántaro de lluvia que caía en la ciudad. Las olas del malecón rompían furiosas contra los arrecifes. Los carros taponaban las vías. Sólo hacía falta escupir un par de veces en las calles para que se hiciera un tapón en Santo Domingo. A la señorita Carol le gustaba ver el mar cuando llovía.

Uno de los meseros fue a llamarme al parqueo para que pasase al restaurante. La señorita Carol me pidió hacerle compañía y ordenó para mí un café y un plato que sabía a pescado. Una carcajada tan libre, tan rústica, tan inocente, tan fraternal y contagiosa, hizo que la señorita Carol y yo también nos echáramos a reír. Di la vuelta para verle, y como si la escena la hubiera montado un director de cine, estaba ella.

III
HOY ES TODAVÍA

1

La niña era muy pequeña como para estar despierta a esas horas de la noche. Tenía apenas seis años. Todos dormían con las puertas abiertas, una vieja costumbre de su abuela materna. Cuando él entró, cerró la puerta con tanta sutileza que ni los perros que dormían en la sala oyeron. Se recostó al lado de la niña. Estuvo tendido varios minutos. Parte de sus piernas salía de la cama. Las muñecas, que estaban organizadas por tamaños encima del guardarropa, eran bailarinas de ballet. En las paredes colocaba tareas, patitos de colores, fotos de su último cumpleaños. La puerta del baño quedó lo suficientemente abierta para que un poste de luz, desde la acera frente a su casa, le alumbrara la carita. Varios flequillos en la frente. El aire que soplaba al respirar se deslizaba por el entre abierto de sus labios, produciendo un leve sonidito. Él topó los labios de la niña con su nariz e inhaló fuerte. Prendió la lámpara a su lado. La niña hizo un descuidado gesto con el rostro. Movió su torso hacia la derecha. Arrugó sus buches. Olió su cuello. Susurró su nombre al oído. Susurró su nombre al oído. Susurró su nombre al oído. Al poco tiempo la niña parpadeó. Fue abriendo los ojos lentamente y, cuando ya casi los tenía despiertos, volvió a cerrarlos. Susurró su nombre al oído. Susurró su nombre al oído. Susurró su nombre al oído. Sus ojos se despertaron con menos lentitud. Se alegró al verle. Sonrió levemente. Se pegó a su pecho lleno de pelos. Volvió a cerrar los ojos. Susurró su nombre al oído. Susurró su nombre al oído. Susurró su nombre al oído.

Con el índice, le topó la frente repetidas veces, a un mismo ritmo. Ella volvió a despertarse.

—¿Quieres que te haga un cuento? —le preguntó tratando de animarla.

La niña se despegó de su cuello para poder asentir con la cabeza. La madre la había cubierto con gordas mantas. Le puso un piyama robusto, medias ásperas en los piecitos. Bonito disfraz de esquimal. La niña había agarrado un resfriado semanas atrás, apenas presentaba mejoría. Él le dio nombres de tres cuentos diferentes y ella eligió *La Caperucita Roja*. Mickey le había dejado de gustar y le pareció extraño que un cuento se llamase *Pinocho*. La niña asintió nuevamente mucho más despierta, al menos en la cabeza. Bajó sus pantaloncitos acolchados.

—¿Es sin pantalones? —preguntó la niña.

—Claro, ¿quieres jugar, verdad?, pues tienes que estar igualititica que yo, ven, sube, sube los brazos. Déjame decirte cómo es el juego, es un juego secreto, y para que pueda ser juego, no se lo puedes decir a nadie, ni a mamá ni a nadie, es en secreto, por eso el juego es divertido, porque es entre tú y yo, ¿viste? Un juego tuyo y mío.

La niña asintió contentísima. Subió la manta hasta su cuello, le entraba mucho frío por el pecho. Le dijo que tenían que ponerse los dos debajo de las sábanas. Eran muy cortas para poder cubrirse completamente, así que él dejó más de la mitad del cuerpo fuera, sólo cubrió cabeza y hombros.

—Había una vez una Caperucita Roja chiquitita, muy bonita. Dormía en su camita. Y era obediente. Y era inteligente. Y era buena. La Caperucita Roja tenía unos pantaloncitos rosa con amarillo, se los quitó para poder jugar. La Caperucita Roja tiene una barriguita llena de mariposas y va contenta. ¿Está contenta la Caperucita Roja? Está caminando por el parque y se encuentra con su amigo el Lobo. El Lobo dormía en la grama. Era el mejor amigo de la Caperucita Roja. Y también era obediente. Y también era inteligente. Y también era bueno. La Caperucita

Roja tenía una cesta llena de frutos frescos, ¡llena de fresas! ¿Te gustan las fresas? El Lobo y la Caperucita Roja jugaron toda la noche, se divirtieron juntos porque se querían mucho. La Caperucita Roja y el Lobo fueron caminando por el parque hasta llegar a casa de la Caperucita Roja, ella lo había invitado a comer para que probara sus frutos frescos, ¡sus fresas! A ellos les gustaba jugar a morderse.

Él empezó a darle pequeños mordiscos en los brazos y la niña reía. También le mordía los dientes de leche, le faltaba uno, y la niña reía. Un leve soplo entrecerró la puerta del baño. La niña notó el sonido, ambos sonrieron.

—¿La Caperucita Roja quiere seguir jugando? Es divertido, ¿verdad? ¡Te lo dije! La Caperucita Roja no tenía fresas en la canasta, las tenía dentro de su cuerpo. ¡OH! ¿Comía mucho la Caperucita Roja? ¡No! La Caperucita Roja es tan buena que las fresas le crecen dentro. ¡OH! ¡Era muy buena la Caperucita Roja!

—¡Sí, es buena! —gritó la niña.

—Sh… Otra cosa no te había dicho, parte del juego es también hablar bajito, muy bajito, así como yo, ¿me oyes?

La niña asintió con la cabeza.

—El Lobo tenía mucha hambre, pero como la Caperucita Roja era buena, le dejó comer un poco. ¿Pero cómo la Caperucita Roja podía darle de comer las fresas a su mejor amigo? No sé, no sé.

Las mordidas le hacían reír. Él hizo como que buscaba algo en sus piernas. La niña dejó salir un alegre chillido. Fue subiendo hasta llegar a sus rodillas. Desarregló las sábanas.

—¿Están en sus rodillas? ¡OH! ¡Son redondas! Iré a ver.

La niña colocó la almohada en su rostro para poder reír con gusto.

—¿Y dónde están, dónde están? ¿Quién sabe? ¿Tú sabes?

La niña, sonriente, se encogió de hombros.

Fue subiendo y subiendo y subiendo. Le lambió las orejas. Por fuera, luego por dentro. Hizo creer que degustaba algo. La niña lo miró incrédula y sonrió. Volvió a lamberle la oreja izquierda.

—No, aquí definitivamente no están. Dónde estarán, dónde estarán, déjame devolverme e ir olfateando con mi superolfato de lobo hasta llegar a encontrarla.

Pasó por el cuello, sobaco, tetillas, abdomen, ombligo, se devolvió. Cuello, sobaco, tetillas, abdomen, ombligo, pasó por la pubis y se devolvió al ombligo. Se desvió para el muslo izquierdo, regresó al ombligo, movió la cabeza en círculos, siguió bajando hasta llegar al pubis, y fue bajando.

—¡OH! ¡Sí! ¡Creo que mi superolfato de lobo la ha encontrado! Pero déjame seguir probando. ¿Puedo seguirla probando?

La niña, que empezaba a sentirse incómoda por el cosquilleo, asintió nerviosamente. Trató de echarse para atrás, pero le tenían los muslos agarrados. Inclinó el torso hacia delante.

—¿El Lobo encontró las fresas? —le preguntó con la nariz y la boca mojadas.

La niña asintió nerviosamente.

—Bueno, y ya por último, el Lobo necesita darle de comer a sus cachorritos. Como la Caperucita Roja era buena, dejó a su mejor amigo llevarle fresas a sus cachorritos, para que no murieran de hambre. La Caperucita Roja no quiere que se mueran los cachorritos, ¿verdad? ¡No! Ya lo sé yo. ¿Cómo voy a sacar las fresas, cómo, cómo? ¡OH! ¡Con este palito!

La niña quiso sacárselo de encima, pero el peso le era demasiado. Empezó a respirar con más fuerza y a quejarse llorisqueando.

—Como las fresas están dentro de la Caperucita Roja, tengo que sacarlas con este palito. Vamos a ver, una por una.

—El palito duele mucho —se quejó la niña tratando de zafarse de sus brazos.

—¡No! El palito es de algodón y le encanta a los niños, a todas tus primitas. Sshh… La Caperucita Roja es una niña buena, que obedece.

La niña arrugaba la cara, el torso, y todo el cuerpo, roto de dolor.

—Para poder sacar la fresita, tienes que abrir tus piernitas todo lo que puedas, todo lo que puedas, más, todo lo que puedas. Así te duele menos y te diviertes más. Confía en mí.

Las lágrimas empezaron a recorrer su rostro hasta escurrirse por su cuello.

—Ya salió la primera fresa. Ahora empieza la mejor parte del juego. Ya van a poder comer los cachorritos. Tú eres la Caperucita. Mi linda Caperucita. ¿Te gusta ser Caperucita? Otra fresa. Otra fresita… Otra fresita… Otra fresita…

—Estoy, cansada, de, jugar, papá. Espera, que me, duele. Me duele mucho. Me estoy haciendo pipí, papá, tenemos, que, limpiar la cama, papá, la Caperucita Roja es buena, papá, y obediente papá, tenemos que limpiar la cama, papá, ven, por, fa-vor, leván-tate. Que me duele, papá, me duele mucho, mira, ¡oh! ¡Ven! ¡Va-mos a limpiar la cama! La Caperucita Roja es, buena, papá, mira, el, pipí, ven, mira, ¡papá!... ¡Es sangre, papá! ¡Ay papá, es sangre! Me corté como cuando me corté la pierna, papá, ven, vamos, te-nemos que limpiar la cama, papá.

—No, Caperucita, otra fresita… Otra fresita… Eso no es san-gre, Caperucita. Otra fresita… No digas disparates, Caperucita. Esas son… las fresas, Caperucita… Las fresas, Caperucita. Otra fresita… Ya casi acabamos, Caperucita, ya casi. Otra fresita…

—Papá, ven, vamos a limpiar la cama, ven, papá, papá, ya no quiero jugar, papá, ven, por, fa… vor, por favor, papá, que me duele, papá. Papá, ya por favor, la Caperucita Roja es una niña obedien-te, inteligente y papá, y papá, y, buena, papá, y muy buena, papá.

—Ya casi. Caperucita, ya casi. Otra fresita… La Caperucita es obediente. Otra fresita… Es obediente la Caperucita…

Y fue obediente hasta que doña Sonia abrió la puerta de la habitación.

2

Minutos antes, cuando la brisa empujaba el agua que chocaba contra los arrecifes hacia la terraza, habíamos pasado al interior del restaurante para ser reorganizados. Sólo esa mujer estaba dentro. Hablaba con mucha gracia con el camarero. El cajero también se acercaba para hablar con la clienta que, aparte de ser ridículamente hermosa, sabía entretener. El pianista se fue ubicando y afinando el piano. Empezó una melodía con la que calmó los ánimos de los clientes. La mujer de adentro empezó a cantar la canción. Pocos le aplaudían, al final, todos le aplaudimos. Yo hablaba con la señorita Carol de mi trabajo como periodista. De las falsas amenazas de muerte que he tenido a lo largo de mi carrera. Pero en las historias yo no tenía miedo, era bien macho, y mis mujeres siempre me lloraban porque temían por mi vida. Quise preguntarle a la señorita Carol acerca de la suya. Quise saber qué la había traído hasta aquí. Un estilo de vida destinado a lo carnal, al subdesarrollo. Y ya que estábamos en confianza… Quedé tan impresionado con su respuesta que mi mente se confundió varias veces, pero algo pude entender. Iba algo de una forma de ganarse la vida. Lo dijo con tanta seguridad y certeza que me convenció por un momento. Iba algo con ser actriz y estar en una perpetua actuación. Aseguraba que, si le daban la oportunidad en la pantalla grande, sería muy buena. Su papel era fingir quererlo, fingir amarlo, fingir celarlo con su mujer.

—Cuando ya tienes a alguien asegurado, se ubica otro con mejores ingresos, o simplemente más generoso. Es la única forma de crecer en la jerarquía. Así hace Kenia, por ejemplo, una de mis amigas —dijo antes de comerse un bocado—. Kenia es la más dichosa —esa palabra usó: *dichosa*.

En ocasiones quise pararme de la mesa, pero, si me atrevía a hacerlo, no sólo significaba perder mi trabajo, sino también ir a pasarme unos largos meses en el cuartel de Baní. Kenia tenía seis fiadores. No en el mismo momento, por supuesto. Cinco eran funcionarios públicos, por supuesto. Kenia fue una de las pioneras en el negocio. En estos momentos sólo estaba con dos.

—Dos y medio. Hay uno que es muy tacaño: ella tiene una semana diciéndole y él no termina de comprarle el celular. Pero ese... ese se lo pierde. Se ta dejando de gozar al mujerón de Kenia por un celularcito viejo. Hay hombres que se pierden en lo claro. No aprendas de ellos, que ahí sí es verdad que te va a quedar sin na.

Kenia tenía una extensión de una tarjeta de crédito con capacidad de competir con sueldos respetados. El que no era funcionario, le regalaba dinero en efectivo. Grandes sumas, aunque no tan recurrentes. También le pagó el levantamiento de los párpados. ¿Sería que la única desaventura de la señorita Carol fue la de haber nacido? Me encogí de hombros para no faltarle el respeto, no por nada más. Nunca he sabido bien qué responder, pero en este caso no me arrepentí. Era mi trabajo con el teniente Peralta el que estaba en juego y, como el hombre es el que resuelve los problemas, no podía quedarme sin trabajo. Porque, si no resolvía los problemas, no era hombre, y yo quiero ser hombre: me gustan mucho las mujeres, no por nada más.

Intenté terminar la conversación alarmándola con la delincuencia. Los atracadores están robando muchos espejos retrovisores y centros de aros en estos días, eso le dije, pero no funcionó. La señorita Carol me pidió hacerle compañía y ordenó para mí un café y un plato que sabía a pescado. Pero esa carcajada tan libre, tan rústica, tan inocente, tan fraternal y contagiosa, hizo que la señorita Carol y yo también nos echáramos a reír. Así fue que di la vuelta para verle y, como si la escena la hubiera montado un director de cine, estaba ella.

¿Esa es Ivamar Santos?, ¿o me estoy confundiendo? Quizás era tan sólo un accidente; a fin de cuentas, de accidentes está hecho el mundo. Pero me acercaba. Su pelo bailaba. Ya podía olerla. Ese olor de hierbabuena y albahaca, de avellana y canela. Llegué a estar justo a su lado. La tomé de brazos. Me miró el alma.

—¿Cómo te llamas, querido?

—Soy yo, maracuchita. Yo.

Siempre he sentido gran debilidad por las casualidades, o por el destino. Algo estaba mal o demasiado bien. Las cosas pasaron con tanta rapidez que todos mis movimientos fueron instintivos: le topé las piernas, le acerqué el trago para que bebiera mejor, le topé las manos, me secaba el sudor de la frente y luego me lo limpiaba en los jeans. Hay momentos en la vida en que sólo hay que respirar y agradecer. Estaba alta, más alta de la cuenta, más alta que yo. Su ropa estaba ceñida al cuerpo crecido y cosechado por el mejor de los agricultores. Tenía nuevas pecas en los hombros y en sus pómulos carmesíes preciosos. Su rostro sorprendió alegremente la huella mental que había atesorado por más de quince años. La miré y la remiré y comprendí, con tanta certeza como que me he de morir, con la intensidad de Humbert Humbert, que no había amado otra cosa más en este mundo. Ivamar Santos era mejor que Ivamar Santos.

Contra mi voluntad, dejé unas horas a Ivamar Santos para llevar a la señorita Carol al hotel embajador porque el teniente Peralta allí la esperaba. Me pidió apagar el radio en nuestro camino de ida. Quiso abrir la ventana. Me gustó el olor a lluvia mezclado con la cebada de la Cervecería Presidente. La señorita Carol no se desmontó cuando llegamos al hotel. Tuvo el teniente Peralta que buscarla en el parqueo.

—No voy a entrar sola como una loca —dijo mientras revisaba el celular.

Y no pude más que pensar si, en las mil trescientas cuarenta y cinco veces que lo había hecho antes, había sido una loca. En realidad, a veces soy bipolar. O no, bipolar no. Mi bipolaridad es sólo con las personas. Estoy en una edad que no le puedo estar aguantando mierda a nadie. Me toca a mí.

El teniente Peralta entró con la señorita Carol al hotel, pero me pidió que me quedase esperándole. Al poco tiempo bajó y jugó al copiloto. Teníamos tiempo que no hablábamos y, utilizando sus palabras, era bueno hablar con un viejo amigo de vez en cuando. Empezó la conversación con una verborragia necia acerca de la vida militar. Tronó los dedos. Pasó a preguntarme sobre mi trabajo de periodista. Le conté las falsas amenazas de muerte que he tenido a lo largo de mi carrera. Pero en las historias yo no tenía miedo, era bien macho, todos en el periódico me respetaban, no por mi cargo, sino por mi atrevimiento y honradez. Quise preguntarle al teniente Peralta acerca de la suya. Quise saber qué lo había traído hasta aquí. Hasta ser un mediocre Drácula de la desigualdad social. De un estilo de vida destinado a lo carnal, al subdesarrollo. Y ya que estábamos en confianza… El teniente Peralta también era un actor. Contó algo de que el pobre gozaba cuando viejo y que yo tenía que entenderlo rápido porque a mí me iba a pasar lo mismo, eso decía. Me acuerdo que me confesó tener tres señoritas Carol. Una en Santiago y otra por Arroyo Hondo. Me contó cómo iba a fingir el divorcio, para que así, a mayor disponibilidad, menores gastos. Había tenido que amenazar, incluso de muerte, a la señorita Carol que vivía por Arroyo Hondo. «Intenté dejarla, pero coño, tíguere, esa e la que ta ma buena», me dijo como si se disculpara, atenuando la fornicación. «Ademá, tú sabe que la mujer de uno nunca entiende, tú sabe cómo e, tíguere, una discusión por todo, singando una vez al mes, no es fácil, hermano, tú lo sabes. Además, qué vaina e la tuya, por qué tú me miras así, será tú un monaguillo, coño.»

No pude evitar levantar las cejas cuando entró un coño en la conversación. Lo notó, y con unas palmadas en el muslo y un «mala mía», se disculpó. Luego del silencio incómodo y el último coro de la canción *El muelle de San Blas*, le pedí una licencia laboral por el fin de semana. A lo que accedió con buen ánimo.

4

Tempranito en la mañana, tal cual habíamos acordado, busqué a Ivamar Santos en el hotel. El recepcionista la llamó a su habitación. Me pidió que subiera a la 408 porque aún no estaba lista. La puerta estaba abierta cuando llegué. La oí cepillarse los dientes. Salió lista del baño, con ese olorcito a avellana. Ave María purísima.

Tenía una blusita de tirantes rosa terminada justo abajo del ombliguito. La habilidad divina de Ivamar Santos era el poder de la inmovilización. Las piernas se me adormecían, sólo me dejaba mover la cabeza afirmativamente y sonreír, no sin temblarme los cachetes. Ivamar Santos tuvo que tomarme de los brazos literalmente y llevarme a una mesita, frente a su cama, para que me sentara a comer unos panes con jamón, frutas y cereal. Comí poco. No quería ensuciarme los dientes. Me limpiaba con la servilleta en cada mordida. Ivamar Santos pasó gran parte del desayuno, por no decir todo el tiempo, hablando por el celular. Llamaba y llamaba. A todos les dijo que ya tenía todo controlado. Cuando por fin terminó de estar pendiente del celular, me topó las manos en señal de saludo y de un bocado se comió un *minicrossaint*. Antes de beber el café frío, me pidió apurar el paso, y yo le dije que ya había terminado. Mi saliva humedeció la servilleta, y tuve que sacarme de la boca varios pedazos de papel. Bajé para tener el carro listo en lo que ella terminaba de maquillarse.

Ivamar Santos fue dirigiendo el camino hasta que llegamos al puerto. Cantó todos los merengues que pusieron en la radio.

Los bailaba en su asiento. Me importaba muy poco estrellarnos con otros carros, no me iba a perder el ombliguito. Llegamos al puerto y fue cuando me di cuenta de que a ninguna modelo de Levi's le quedaban los jeans así, como ella los llevaba puestos. Aunque hacía mucho sol, no usaba sus lentes, prefería tenerlos de sujetador de pelo. Colocaba su mano en la frente simulando una gorra. Me ordenó que caminara rápido, siempre quejándose del calor. Entró como perro por su casa a un almacén sin pañetar. Ivamar Santos me llevó por los brazos, como si fuera un niño travieso que necesitaba ser controlado. Le besé las pecas de los hombros.

Sus ayudantes, armados, me miraban con recelo. Tenían que protegerse porque había mucha envidia en el negocio. Esas armas nunca se habían usado, pero era mejor prevenir que lamentar, me dijo Ivamar Santos. Eso logró interrumpirme la vista de la escopeta que uno de los morenos tenía colgada en el cuello. Largo tiempo estuvieron sacando más de la mitad de las sillas, mesas y platos para luego entrarlas en una olla de vapor de agua gigante. Esperó hasta descargar todos los materiales para decirme que era comerciante de productos plásticos. Sacó una silla para mostrármela. Al final, Ivamar Santos pidió cervezas. Brindamos.

—Por nuestro encuentro, por el destino que nos unió, por nuestro amor —le dije con mucho esfuerzo.

—Qué cursi, chamo; sigues igualito, hasta más tonto te me has puesto. Brindemos por el día de hoy. ¡Arriba!

Estuvimos en el almacén hasta que Ivamar Santos entró a una oficina y salió con dos carteras. Ya en el hotel, Ivamar Santos tomó una pequeña maleta y la llenó de trajes de baño y ropa ligera. Así, y prometiéndome que compraría ropas apenas llegáramos, nos fuimos a Samaná, donde ella había comprado una casita en la playa. Ivamar Santos mantenía largas conversaciones telefónicas. Me enteré de que regresaría a Venezuela el domingo. Tenía mi última noche con Ivamar Santos. Le iba hacer el amor. Previamente tendría varias citas con los recuerdos de Traci Lords y Jenna Jameson, así, y sólo así, podía alargar los dos minutos.

Nos pasamos el día por las calles de Samaná. Alquiló unos caballos, pero como yo les tenía miedo, no me monté. Así que tuve que esperarla en la oficina de la agencia gestora de la excursión. Una señora arrugada, encargada de la recepción del lugar, era entretenida por las moscas que volaban por el salón. Yo permanecí calmado, pero mi tranquilidad es imperfecta y algo desesperada. Leí todas las revistas, incluso las de meses atrás. Ivamar Santos tomó la excursión más larga, la de tres horas. Se disculpó por haberse demorado una hora más de lo estipulado y tuvo que pagar una diferencia por la hora extra. Llegó con tanto entusiasmo y tantas historias de la excursión que no volví a acordarme de la espera ni de las moscas que sin avisar chocaban en mi frente. Fuimos a una disco-terraza donde Ivamar Santos bailó como la diosa que siempre ha sido. Compramos ron, cervezas, Sprite. Bailamos hasta quedar empapados de sudor. Samaná tiene un contrato de exclusividad con el sol.

Ella manejó el camino pedregoso hasta llegar a su casa. Sacaba la mano izquierda por la ventana, chocando sus palmas, jugando con el viento entre sus dedos. La corriente del mar refrescaba toda la casa, llenándola de un olor a sal y a vida. Las lámparas eran caparazones de coco y las columnas estaban revestidas de mimbre. Tenía un amplio primer nivel. El jardín era de arena, y entre las palmas de coco, varias hamacas colgando de sus troncos. El piso tenía la textura perfecta para caminar descalzo. Subimos a las habitaciones. Sin decirme nada, puso en la misma habitación las bolsas con mis ropas junto con su equipaje. Entonces bajamos a las hamacas cada quien con una Presidente en la mano. Nos quedamos hasta el anochecer sin decirnos media palabra. No hacía falta. De vez en cuando, pasaba sus dedos por mis dedos.

Para dormirnos, fuimos a su habitación. Ivamar Santos se acostó con toda su ropa, pegada al borde izquierdo de la cama. Me pegué al cuerpo de Ivamar Santos y ella se arrellanó al mío. Aunque a pocos minutos de habernos acostado, ya ella dormía profundamente. Le colgaban unas gotitas de saliva. Las limpié con mi dedo. Lo lamí. Acaricié su pelo, suave, bello, fresco, tan Ivamar Santos. Estuve besándole las pecas hasta que la desperté. Giró su cuerpo y ahora estaba frente a mí. Entró sus piernas debajo de la manta pero volvió a dormirse. Entonces le hablé:

—Hola, Ivamar Santos. Soy yo. Eres tú. Los astros sí cedieron en su plan de serme adversos. Hola, Ivamar Santos. Soy yo. Ven, maracuchita mía. Dormiremos así. Qué cursi soy. Qué tonto chamo soy. ¿Verdad, mi amor? ¿Te puedo besar? ¿Me dejas besarte? ¿Sólo un poco?

5

La verdad es que Ivamar Santos no está en la casa. Nadie podría decir con exactitud cuándo dejó de estar en ella. Siempre ha estado. La vi por primera vez hace casi veinte años y, desde entonces, siempre ha estado. Ahora la tenía aquí, descansando en un silencio profundo y concentrado. Juntos contemplamos el mar. Nos acompañaba una mamajuana que habíamos comprado en el pueblo. Ivamar Santos me invitó a la playa, a unas tumbonas amarillas clavadas en la arena. Tomó la mamajuana por el cuello y empezó a caminar. Quise besarle las corvas. ¿Por qué no se besan las corvas? Eso quería besarle, las corvas, seguro sería el primero.

Lo único que pude notar diferente de Ivamar Santos es que era menos conversadora. Se podían contar las veces en las que hablamos durante todo el viaje. De camino a Samaná, se había mantenido mirando todo el camino costero hasta llegar. Sólo desviaba la mirada para darme algunas indicaciones, o subir el radio, o bajar el aire acondicionado, o sugerir detenernos para comprar unas cervezas en un parador. Y así estaba entonces en la playa, sin hablar. Mirando el horizonte como si esperase que algo saliera del agua. Hasta que me miró. Tomó un trago de mamajuana sin dejar de mirarme los ojos. Aunque a media lengua y medio dormida, algo la motivó para que me hablara como lo hacía en nuestros recreos de Caracas.

Habló con algo de orgullo y justificando cada decisión que había tomado a lo largo de su vida, habló de un plástico y una heroína. De que todo se mezclaba y de hacer mucho dinero. Comerciante de productos plásticos llenos de heroína.

—¿Y ahora, me sigues queriendo? —preguntó antes de beberse un trago de mamajuana.

Se dejó caer en la tumbona. Tomó un puño de arena y lo levantó al aire. Moderó la fuerza para que una pequeña línea de arena saliera de sus manos cayendo al suelo.

—El reloj está corriendo —dijo mirándome el alma.

—Para toda la vida —le dije concentrándome en su puño. Ivamar Santos abrió su mano y la agitó para limpiarse la arena. Tomó la mamajuana por el cuello y tragó. La dejó caer.

—Qué tonto chamo eres —dijo empezando a llorar.

Ivamar Santos era mi Ivamar Santos. Estaba allí. Conmigo. Durmió otra vez en mis brazos. No pude hacerle el amor, al menos no en ese viaje. La mañana siguiente me levanté con la necedad del sol, pero seguí durmiendo un poco más, roncándole al amanecer. Ivamar Santos se había despertado minutos antes, u horas antes, porque ya estaba lista y el café llamaba a despertarse. Al verla, sentía que mis padres me habían hecho a puro coñazo o con desperdicios. Ivamar Santos me sirvió café descalza y en un vestido rosa. El vuelo salía a las dos de la tarde. Pidió las llaves de carro para entrar el equipaje. Al poco rato, mientras yo disfrutaba del café y me escondía del solazo, llegó apurada con mi gorra de oficial en la mano. Me preguntó qué hacía eso en mi carro, y yo le expliqué que era parte de mi uniforme.

—¿Eres militar?

—Sí, ¿no te lo dije?

—Cuidado, coño, mira, yo namá te digo.

—¿Pero y qué pasó, mi vida? Ser militar no tiene nada de malo, soy un hombre que lucha por honor. Te voy a enseñar todo lo que he cambiado.

—Qué tonto chamo eres.

—Te quiero, maracuchita, juro que te amo —fue todo lo que dije. Y ella me dio un beso en los ojos.

Ivamar Santos me contó que venía con frecuencia a la isla. Había perdido la cuenta de sus viajes, al menos iba por la cuarentena. Estuvo recostada en mis hombros cuando nos acercábamos al aeropuerto. Nuestra despedida fue cariñosa, aunque no besé los labios que he querido besar toda mi vida. Prometió volver en dos semanas. Me llamó antes de su abordaje. Me dijo que había dejado un sobre en el baúl del carro cuando había sacado su equipaje. Me orillé en la carretera. Abrí el sobre. Conté mil dólares. Me sentí una señorita Carol.

6

A mi vuelta, Solanyi me esperaba en el vestíbulo de la casa. Cargaba un bebé y un preocupante adelgazamiento. Agitó sus brazos cuando estacioné mi carro en la marquesina. No había rebajado las nalgas. Teníamos casi ocho años sin vernos, desde que mi madre, por un pique, la sacó de la casa con tan sólo los doscientos pesos del pasaje de vuelta. En sus pies, dos bultos y un corral. Nos saludamos con un abrazo, aplastando al bebé, que me babeó la camisa. Solanyi no se veía triste; todo lo contrario, estaba más negra, sí, pero tenía los cachetes colorados. La invité a entrar. Desinteresadamente tomé sus bultos y el corral. Solanyi, a pesar de su cuerpo huesudo, no había perdido su figura rígida y hasta cierto modo sensual. Me pasó al bebé. Solanyi coqueteó con esa vocecita que hacen los padres sin importarle rozar la ridiculez. Renso, el marido, tomó una yola en Higüey para llegar a Puerto Rico. Tan pronto llegara, le iba a avisar mediante una llamada en la madrugada, se suponía. Se suponía llegó bien. Solanyi no creía que se lo hubieran comido los tiburones, le dijeron que el capitán tenía experiencia. Los sesenta turistas que iban en la yola pagaron los dos mil dólares que Solanyi pagó. La yola era de buena calidad y no se podía partir en dos como esas que salen en los periódicos, se suponía. Un primo hermano de Renso lo iba a buscar para hospedarlo en su casa hasta que encontrara trabajo. Le prometió trabajar como un burro para darle mejor vida a ella y a su familia. Se suponía que iba a tratar de sacar los papeles migratorios para pedir a Solanyi y a su hijo. Habían pasado cinco meses y nadie sabía nada de él.

Desde que se fue de la casa, Solanyi había puesto un localcito para vender empanadas y jugos. Con eso y con lo que Renso ganaba en sus trabajos de herradura, pudieron guardar algo de dinero debajo del colchón. Cuando nació el niño, empezaron a pellizcar los ahorros, que en semanas se terminaron. Solanyi empeñó la casa en donde vivían (que era de su difunta madre) para comprar pañales, leche, medicamentos y el pasaje de Renso. Cuando el prestamista la desalojó, estuvo mendigando albergue hasta que llegó donde una tía segunda; ahí lo único disponible era el sofá. Un día la tía segunda hizo un comentario fuera de orden e insignificante, pero bastó para que Solanyi recogiera sus cosas y no volviera más. Le robó doscientos pesos que la tía guardaba entre las páginas de la Biblia, para comprar su pasaje rumbo a Santo Domingo.

Ella me sentía como su única familia y tenía toda la razón. Solanyi era mi familia. Aparte de todo, creo que Solanyi desempeñó un papel muy importante en la leve mejoría económica de mi familia. Desde que entró, con trece años de edad, mi mamá empezó a trabajar. Trabajó de subgerente en una distribuidora de baterías hasta que a mi padre lo nombraron vicecónsul. El tiempo que mi madre dedicaba a limpiar, cocinar, lavar y planchar la ropa, fue sustituido por reuniones con ejecutivos y reconocimientos por desarrollo dentro de la empresa. Siempre vi el trabajo de Solanyi subvaluado. Una vez, en medio de una comida y con Solanyi presente, sugerí algo similar a un aumento de sueldo y un colegio privado. Ella iba a uno cerca de la casa pero suspendían las clases por todo. Mi mamá golpeó tan duro la mesa que el vaso derramó un poco de agua. Me echó un boche. Mi padre, con ganas de defenderme y con voz pausada, quiso decirle que no era para tanto, pero mi madre también le dijo que se callara, que la que sabía de la casa era ella.

Solanyi no tenía que pedirme permiso para regresar. Pero tampoco lo hizo. Se quejó de la suciedad y empezó a forzar una tos. Buscó un paño húmedo para limpiar la mesa. Para cenar, improvisó unos espaguetis con carne molida y unos panes tostados. Pidió al colmado un refresco Country Club Merengue. El *delivery* del colmado se contentó al verle, se pusieron al tanto en pocos minutos, a él también le contó de Renso. Me hacía falta el sazón de la comida de Solanyi. Me sentía en familia, en casa. La primera noche, Rensito nos despertó cuatro veces. A las ocho de la mañana ya yo estaba bañado y cambiado, listo para ir a trabajar. Recordé a mi gran amigo don Marino y, si Rensito hubiese podido hablar, le hubiese ofrecido cien pesos para que me dejara dormir.

7

Las dos semanas parecían interminables. Pensé en ir a Maracaibo y darle una sorpresa pero por imbécil no anoté su dirección. Reviví cada momento de nuestro fin de semana. No me atreví a besarla. Llegar a sus labios se había convertido en un triunfo absoluto frente a la vida. No quería besarla apasionadamente, ni adueñarme de sus labios en un gesto deseoso y sorpresivo. No era robarle un beso que, seguro, y con respeto a la modestia, la enamoraría. Estuve muchas veces cerca de llegar al milagro: cuando nos paramos a tomarnos la cerveza. Brindamos. Pero esa vez, en la disco-terraza, se me acercó bailando un vallenato que le pidió al encargado. Topó mi pecho con sus manitas blancas. Luego se volteó para bailarme de espaldas. Se detuvo porque se nos había olvidado brindar. Mirándonos a los ojos, chocamos las botellas de cerveza. Ahí, justo después de chocar las botellas, duramos cortos segundos suspendidos, y seguro habría ocurrido si ella no hubiese oído el coro de la canción, no hubiese empezado a cantarlo y mucho menos se hubiese puesto a bailar otra vez dándome la espalda. La otra vez fue cuando estábamos bebiendo mamajuana en la playa. Yo miraba la arena pensando sabe Dios qué disparates, cuando ella me pasó la mano por el cuello. Se quedó buscando qué decir o que yo le robara un beso; al final sólo dijo que ya lo había olvidado. Se dio un trago largo. Guácala, dijo, y medio escupió, y medio se asustó cuando cayó en cuenta que había escupido en mi antebrazo. Se disculpó limpiándolo con sus manos y blusa. Se olió la mano. Guácala, dijo. Pasó su mano hedionda a saliva por mi nariz, guácala, dije. El fin de semana fue una breve muestra de una gloria cada vez más cerca de la realidad.

8

El raso Núñez me acordó del seminario militar. Era impartido en el salón principal y quien no participara sería sancionado
con trabajos. El teniente Peralta estaba en la primera fila junto con
otros comandantes de altos rangos. El seminario fue con motivo
del décimo octavo aniversario de la creación de lo que entonces se
denominó el Centro de Información y Coordinación Conjuntas,
lo que hoy se conoce como la Dirección Nacional de Control de
Drogas (DNCD). Se dieron a conocer los nuevos mecanismos utilizados por los narcotraficantes, pero no hablaron nada de plástico ni de ninguna de esas loqueras. Técnicas de localización, zonas
comunes al micro y macrotráfico, puntos de drogas levantados y
estudiados. Hablaron también de las reglas básicas de capturas,
órdenes de detención, la logística y preparación antes del allanamiento. Nos presentaron a los directores de operaciones especia-
les. Alentaron la buena conducta con incentivos metálicos: bajos,
en mi opinión. El seminario terminó asestando (mediante un video) duros golpes al narcotráfico a finales de los años ochenta,
cuando apenas todo empezaba. Pusieron como ejemplo el caso
de Arroyo Barril, donde se incautaron más de seiscientos noventa
y un kilos de cocaína pura. Mostraban los testimonios y los reconocimientos otorgados a los que participaron en el allanamiento.
El video mostraba también a los investigadores del caso de Helen
Express, escalaron cuatro rangos tan pronto culminó la operación.
Se incautaron novecientos sesenta y un kilos de cocaína. Siguieron mostrando noticias de los diarios durante los años noventa.

Trataron de comprometernos diciendo la mediocridad esa que siempre dicen de un mejor país para los hijos y nietos. Motivaron a todos los altos rangos de nuestra institución para que se ganasen el puesto, en ese momento pendiente: representante de las Fuerzas Armadas en la Junta Directiva de la institución. La merienda que repartieron al final del seminario estuvo mejor que la comida del mediodía.

En casa de Pilar, un Brugal me estaba esperando. Pilar estaba en buena onda, había conocido a una nueva amiga. Me angustiaba pensar que faltaban catorce días para volver a ver a Ivamar Santos.

—*Stop the bullshit*, tú tenía casi veinte *fuckin* año sin vela y ahora dique no puede dura do semana.

Los nudillos de Pilar estaban ensangrentados, horas antes jugó un partido con un equipo de la Universidad Autónoma de Santo Domingo. Perdieron pese a que anotó dos veces y registró una asistencia. Un número extraño se mostraba en la pantalla de mi celular.

—*Hola, tonto chamo, he llegado bien. Como te dije, vuelvo en dos semanas. Más adelante te volveré a llamar para coordinar a ver si me puedes ir a buscar al aeropuerto, ¿te parece bien?*

Asentí con la cabeza como si ella pudiera verme.

—*¿Y cómo has estado? A que ya me extrañas, porque para cursi y enamoradizo, que te busquen. Me gustó verte, pensé que jamás te vería, y si te soy honesta, me olvidé de ti. ¿Tú no?*

Por mi asombro o por mis gestos, Pilar pensó que acababa de recibir una mala noticia, levantaba sus manos y hombros, pidiéndome que le avanzara información.

—*Bueno, no estás muy hablador hoy, mantengamos el contacto, tonto chamo. Un beso.*

Pedimos otro pote de Brugal al colmado. Mantuve despierta a Pilar con una buena tanda de Ivamar Santos.

9

—¡Aquí, aquí! Mírame, ¡aquí! Ya me vio, ya me vio. Ven, estoy aquí, pero acaso yo seré loco, cómo le digo que venga, qué es lo que me pasa. Espéreme ahí, por favor no se me mueva. ¡Cuidado con ese carro! Quédese ahí, que yo voy por usted hasta a China si es necesario. Qué China ni China, la NASA no tiene astronautas capaces de ir tan lejos como podría ir yo por usted.

El calor tenía mojada la camisa verde limón del Tío. El sudor de la calva le bajaba a las cejas.

—Mire qué hermosa está, chamo, mira, ¿trabajas aquí como seguridad? No son cosas mías, ¿verdad que no? Chamo, en tu vida vas a ver una mujer como esa, mírala bien, hermano, eso no se ve jamás. ¡Ey! Pero ¿y qué te pasa, pendejo?, ¿te la vas a comer con la mirada o qué, malparido?, ¿no ves que esa es mi mujer?, respétame y respétala para no tener que partirte la cabeza. ¡Loco tú! ¡Atrevido! Sí, mejor será que te vayas antes de que llame a tu supervisor. Imbécil. ¡Ya voy, princesita, ya voy! No se me vaya a mover por favor.

Ivamar Santos vino todo el viaje repasando plantearle una operación a Oriol. Triplicarían la producción para un último viaje. Sería su viaje de despedida, así le llamó Ivamar Santos. Le pidió al Tío llevarla directamente a la fábrica.

—Me hacía mucha falta. Mucha falta. Mi humor cambió en la casa. No podía ver a mi mujer y tuve dos fuertes peleas con mi hija. De repente a la niña le daba miedo dormir sola. Tengo poca paciencia. Digo, con usted tengo toda la paciencia del mundo. Yo la espero. Sólo haga un gesto pues. Parpadee. ¿No? Bueno.

Ivamar Santos repasó la propuesta con el Tío antes de presentársela a Oriol. El Tío la apoyó en la decisión y le dijo que haría todo lo que estuviera en su poder para ayudarla. Compartía la ambición.

—Una cosa, princesita mía, algo que sí es delicado, donde no voy a poderla ayudar. Y hasta mi corazoncito, este que tanto la ama, se va a enojar. ¿Qué es eso que dicen de que el pescado muere por la boca? Algo dicen de eso, usted sabe, un famoso dicho popular. Yo puedo abastecer esa producción en diez días sin problema, por usted hago lo que sea. ¿Y esta canción la ha oído? Oiga, oiga, *y que no me digan en la esquina, el venao, el venao, que eso a mí me mortifica, el venao, el venao.*

Ivamar Santos llegó a la oficina. Esperó en la sala de recepción mientras Oriol se reunía con el contable. Habló de la isla y el Caribe con Margarita, la asistente. Después de oírla y decirle lo mucho que la extrañó, Margarita le dijo que le tenía una sorpresa. Le pidió cerrar los ojos y no hacer trampas. Margarita, después de verificar varias veces las ranuras entre sus dedos, sacó una radiografía. La tenía estirada hacia el techo. Ivamar Santos la tomó con una gran sonrisa. Luego la miró un tanto confundía. Perdió su mirada en la radiografía.

—¡Vas a ser tía! —le dijo Margarita, emocionada.

Ivamar Santos esperó que el contable saliera de la oficina para reenfocar su mirada.

—Felicidades, tengo que entrar, seguimos hablado.

Oriol sirvió dos *whiskies* tan pronto Ivamar Santos entró. Apretó fuerte el vaso corto. No la invitó a sentarse pero ella ya estaba sentada, esperando que él regresara al escritorio para plantearle el negocio. La operación era con dieciocho contenedores, no con seis, como hasta ahora lo venían realizando. El de la República Dominicana se quedaría intacto, pero en el planteamiento, ella ganaría un veinte por ciento más por el riesgo de los tres contenedores.

Los dos contenedores restantes los llevaría a Miami. Las ganancias serían tres veces mayores. En estos, ella cobraría la comisión regular.

La objeción de Oriol fue lógica: no tenían ruta a Miami, tampoco conocían a nadie que navegara esas aguas y trabajar con nuevos clientes siempre era peligroso. Pero en la conversación del restaurante con el transportista, este le había escrito en un papel: «Ivamar Santos dueña del mundo». En la contracubierta de la servilleta, le había trazado las rutas desde Santo Domingo a Miami. El transportista las conocía y tenía los contactos de los lugares. El transportista no estaba interesado en la contratación del acarreo, sólo quería parte de las ganancias del negocio porque también conocía a quien se la iban a vender. Ivamar Santos le dijo a Oriol que sus cálculos no mentían, que volviera a reunirse con el contable si era necesario. Con las expandidas ganancias del mercado americano, podían holgadamente asociarse con el transportista. Ivamar Santos trató de hacerle entender: no se ausentaba del negocio completamente. Estaría encargada de la negociación. Sería el equilibrio perfecto entre el transportista y Oriol. Estaba cansada. Necesitaba más tiempo para su mamá y para las gemelitas. A doña Sonia cada vez le costaba más caminar. Las gemelitas disminuían sus estudios. Oriol no tenía de qué preocuparse. Ivamar Santos sabía que el pescado muere por la boca.

Él no la interrumpió. No puso objeciones. Pero no dudó en exagerar con la condición: la invitó a vivir con él. Ella, doña Sonia y las gemelitas.

Si él la hubiese invitado a su casa con la pura intención de cubrirse las espaldas, no habría problemas. Y si ella hubiese aceptado la invitación porque temía por su vida y la de su familia, tampoco habría problemas.

En quince días pasaron muchas cosas.

10

Llegó cansada. No por las complicaciones del vuelo, sino por todo el ajetreo de la semana. Quizás por eso también me dijo que no podía quedarme a dormir. Me hizo comprarle comida en una pizzería a cuadra y media del hotel. Bajé a la recepción y gasté casi la mitad de mi sueldo alquilando una habitación.

Cuando Ivamar Santos hubo descansado bastante, volvimos a comunicarnos al mediodía. Propuso ir a comer. Sugerí el restaurante donde nos reencontramos, quería que fuera especial. Ivamar Santos tenía una manía que me encantaba: tan pronto entrábamos al carro, se abrochaba el cinturón detrás de su cintura, para poder bailar libremente. Ponía una emisora conocida por merengue, salsa y bachata. Aplaudía durante la canción. Al llegar al restaurante, los camareros saludaban a Ivamar Santos de besos y abrazos. ¿Por qué es que los dominicanos somos tan confianzudos? Después de sentarnos, la cajera fue también a saludar. Tenía algo que contarle a Ivamar Santos; cuando terminara de comer, le regalaría un café para echarle el cuento con gusto. El camarero que nos atendió repetía todo dos veces:

—Entonces la carne la quiere bien cocida, ¿correcto? Okey, bien cocida la carne. ¿Y para usted? Los canelones de espinaca, ¿correcto? Muy bien, de espinaca los canelones.

Ivamar Santos se preocupó mucho por mí. En un momento me recordó a mi padre: me preguntaba por las noviecitas. Su pregunta era retórica, por supuesto; por eso no sé por qué insistía tanto con la respuesta. Al final de todas las palabras que utilicé en mi respuesta sobre la profundidad de mi amor hacia ella, me saqué el corazón y lo puse en la mesa. No podía explicarle de un mejor modo.

—Siempre he soñado con ser amada así —eso fue lo que le salió decir.

Te amo como si te hubiese parido, pude decirle eso, pero me entretuve mirando la carne bien cocida, con la mente en blanco.

—No creo que él me llegue a amar así.

¿Ahora le tocaba a ella hablar de los *noviecitos*?

—A mí tus *noviecitos* no me interesan —la interrumpí—. Hablemos de nosotros. De Ivamar Santos y yo. Lo demás está de más.

—Chamo, hablamos en serio, no comiences con tus cosas.

—¿Pero cuáles cosas?

—Qué tonto chamo eres.

—¿Cuándo, maracuchita, cuándo?

—Una de las cosas que te quería decir es que ya no vendré a menudo a la isla. Creo que pronto me caso. Hace pocos días nos mudamos juntos. Con las gemelitas y mamá. Estoy nerviosa, sí, pero creo que puede funcionar. Se llama Oriol. Pero tú, tú me puedes visitar cuando quieras. Hay una habitación para las visitas. Y yo, yo también voy a volver, me encanta esta isla, la gente; además quiero que las gemelitas se bañen en las playas de Samaná. Esta noche tú y yo vamos a celebrar dos cosas: el negocio que voy a hacer, ahorita te cuento de eso, y nuestro hasta luego, el próximo año seguro vengo.

11

No me bañé para salir de noche, tampoco cambié de ropa. Ella vestía de traje elegante. Había una actividad social en la terraza del hotel, alguien le había regalado las entradas. La actividad terminó temprano, al menos para mí. Al poco tiempo de intentar convencerla para que se quedase, para que hiciéramos una vida juntos, se asqueó de mis impertinencias y me culpó por dañar la noche.

—Para estar con esa cara mejor vete.

Y me fui.

La señorita Carol no me había llamado pero estuve en su parqueo gran parte de la noche. Antes, busqué varios potes de Brugal. Oí la emisora preferida de Ivamar Santos. Tocaban un largo set de merengues. Me devolví al hotel para hacer una escena de celos de la cual me arrepentiré toda la vida. Empezamos a gritar delante de la gente. Ivamar Santos trató de ignorarme pero ya era muy tarde, teníamos encima los ojos de todos los presentes. Un seguridad nos interrumpió en modo de advertencia. Me calmé por varios minutos y tomé el agua que reposaba en la mesa. Ivamar Santos se disculpó para ir al baño y yo la seguí. No iba al baño, caminaba para las habitaciones. La intercepté y volvimos a gritarnos acusaciones y groserías que, ahora que las analizo, no tenían mucho sentido que digamos. El mismo seguridad vino a interrumpirnos pero esta vez estuvo acompañado por un colega que llevó mi negligencia fuera del hotel.

Regresé al parqueo de la señorita Carol. El portón del edificio me levantó. El teniente Peralta estaba saliendo en su Mercedes. Le toqué bocina y me atendió.

—Pero, mijo, tu ta debaratao, ¿qué te pasa?

—Por dentro y por fuera —le dije cerrando los ojos por el resplandor del sol.

Me brindó un café en la cafetería de la esquina y fue el momento de hablarle de Ivamar Santos.

12

Ayer me ascendieron a capitán de las Fuerzas Armadas. La ceremonia se presentó en el salón principal, junto a mis familiares y compañeros de trabajo. El teniente Peralta se convirtió el representante de la DNCD por nuestra institución. Pilar me hizo una entrevista que al día siguiente salió publicada. El titular que utilizó no dejó de llamarme la atención: «Descubrimiento histórico». La DNCD me nombró como asesor externo y, por primera vez, sobraba el dinero.

Entregar a Ivamar Santos fue lo más difícil que he hecho en mi vida. Me acompañaba el teniente Peralta y su brigada. Nos reunimos en una estación de combustible, cerca del puerto. La operación inició antes de las once de la mañana, minutos después de haber dejado a Ivamar Santos en el puerto. Yo, aunque nunca he disparado un tiro, tenía que estar armado y ser parte de la brigada. Mi función principal era reconocerla al momento de la captura. Había mucho en juego en este operativo. Sorprendí a Ivamar Santos por detrás.

—Pensé que te habías ido. Oye, olvidemos lo de ayer. Estamos muy viejos para pendejadas, ¿qué haces?

No podía dejarla ir otra vez. Aunque pude, no la besé.

—Es ella —grité sin dejar de abrazarla.

La brigada entró tumbando la puerta de la oficina. Desordenando los papeles del escritorio. Los gritos de las secretarias empezaron a causar disturbios. Disparos se oyeron a lo lejos. Ivamar Santos subió las dos manos a la cabeza y, por órdenes de los oficiales, dejé de abrazarla. Todos los que estaban en la oficina fueron detenidos en el cuartel del Palacio de la Policía.

—Chamo, tonto chamo, ven acá, todo tiene solución. Vamos a negociar. Mira lo que podemos hacer, yo te doy cien mil dólares a ti y cien mil al teniente, ¿te parece bien? Anda, hermoso, seamos inteligentes, ¿sí? Mírame, mírame. Sabes que yo te quiero, no me hagas esto. Tengo familia. No seas maluco chamo. Ya, muy bien, ciento cincuenta mil para ti y lo mismo para el teniente, ¿bien?

—¿Por qué no lo entiendes? —fue lo único que le pude decir.

Dejaron cuatro policías vigilando a Ivamar Santos, sentada en la oficina principal. Fuimos a revisar los tres contenedores. Desafortunadamente, la noche anterior habían desmontado el primer contenedor y para estas horas ya la heroína estaba en las calles. No pudimos demostrarlo. Allanamos los otros dos. La brigada empezó a sacar vasos y cubiertos plásticos. Los más fuertes sacaban las mesas y sillas.

—Teniente, nos jodimos. Aquí lo que hay son vainas plásticas —se lamentó uno de los más fuertes.

Otra brigada se había encargado de desmantelar el almacén. Montaron parte de los productos en una camioneta y, acompañados de unos químicos, fueron a verificar la inclusión de otras sustancias en los productos plásticos. Al derretir el plástico en las ollas, tomaron la sustancia que flotaba en la superficie para luego enfriarla. La llamada confirmó lo que yo le había denunciado. Muchos de los oficiales que oyeron la noticia empezaron a festejar.

—Hablando se entiende la gente; dígame, mi general, cómo lo puedo contentar.

El teniente Peralta negó con la cabeza

—Aquí no hay ná que bucá —le dijo a Ivamar Santos. La levantó por un brazo del sofá y la escoltó para la camioneta. Ivamar Santos gritó mi nombre junto a unas maldiciones, cuando la patrulla empezó a rodar.

Hace casi cuatro meses que la justicia falló el caso de Ivamar Santos. La sentenciaron a diecinueve años de cárcel. Utilicé mis influencias como asesor externo de la DNCD para negociar su sentencia. Le expliqué al tribunal lo valiosas que podían ser sus informaciones. La reducción de la sentencia estaría a merced del criterio que asumiera la justicia en cuanto a las informaciones suministradas.

Ivamar Santos terminó por cooperar con las autoridades. Yo era parte del cuerpo oficial que escucharía toda la confesión. Cuando Ivamar Santos me vio entrar como uno de los delegados, intentó caerme a golpes y a mordidas. La detuvieron entre dos oficiales y con muchas amenazas. Con el agua que ordenó, reajustó su compostura y, costándole mucho mi presencia, pudo explicar. Ivamar Santos habló igual que en los recreos en Caracas. Narró el micro y macrotráfico. Contó las áreas más oscuras del negocio. Con los ojos aguados, lamentó entrar la pistola a la cárcel. Lo único que se ahorró fueron los nombres. Juró nunca haber visto las fábricas, la limitaban a los muelles. No quería morir como el pescado. Su sentencia tuvo un destacado descuento; se redujo a nueve años.

Como ya no soy chofer de la señorita Carol, ni trabajo todos los días, pude aplicar para un trabajo voluntario. Soy profesor de Español en el Modelo Penitenciario Najayo Mujeres. Las clases son los martes y jueves de nueve a doce del día. Hay treinta internas inscritas en mi clase, pero Ivamar Santos no es una de ella. Se apuntó en clases de manualidades en esa misma hora. Al menos la veo de lejos. A veces en el comedor, aunque muchos martes no va a comer. El otro día veníamos caminando por el mismo pasillo y al verme se devolvió a su habitación.

Mis estudiantes son de diferentes partes del mundo: Rusia, Holanda, Croacia, Bélgica, Estados Unidos y de países latinoamericanos. Fue difícil ponernos todos de acuerdo, pero poco a poco nos fuimos entendiendo. En mi segundo año como profesor, hicimos un proyecto para el final de curso. Podían escribir lo que quisiesen: cuentos, relatos, poesía, canciones. Las latinoamericanas se ofrecieron a escribir las historias narradas por las extranjeras que aún no dominaban el idioma. Prometí hacerles honor a las mejores calificaciones.

Ivamar Santos está aumentando de peso y en raras ocasiones se lava el pelo. Poco fácil es empezar una relación bajo estos pormenores, pero tengo siete años para volver a enamorarla. Nada es imposible. Está aquí. Conmigo.

Cartas de las internas del Modelo Penitenciario
para Mujeres de Najayo (2011-2012)

Esta es mi historia

Cómo mezclé mi vida en el mundo de las drogas. Al principio de todo yo trabajaba como cualquier persona, tenía muchas amistades de diferentes nacionalidades. Sabía lo que era la droga o tener vínculos con ella, pero no sabía bien sus consecuencias. Empecé a mezclarme con personas que tenían vínculo con el narcotráfico y yo lo sabía pero no me importaba. Porque algunos de ellos formaron parte de mi vida, y no me interesaba en lo que trabajaban, si se le puede llamar así. Yo en un principio trabajaba en un restaurante y en un Bar. En el Bar llegaron a ofrecerme vender droga en las discotecas, por gramo, y yo ganaría 60 euros por cada gramo, al principio no quise, ya que a muchas personas se les hacía imposible pensar que yo podría estar en eso. No acepté, pero luego empezaron a surgir problemas en mi vida personal. Tuve que mudarme sola, sin ninguna ayuda, ni de amigos, ya que mi relación con mi familia no era muy buena que digamos. En fin, en esos momentos, pensé que el mundo entero estaba en mi contra, luego, al verme desesperada, sin encontrar quien me echara una mano, para cubrir mis gastos contacté a la persona que un día me ofreció vender droga en las discotecas. Y quedamos en que él me surtiría y yo le daría un porciento de las ganancias. Ya empezaron a resolverse todos mis problemas económicos. También yo la distribuía fuera del país, donde estaba llevándola en mi cartera, o en los senos. Llegué a conocer a muchos de los más grandes, y supuestamente ya tenía el mundo en mis manos, pero tuve una recaída, porque me enamoré, y entré en una depresión por la cual me aferraba al alcohol y mi vida no era la misma. Imagínate, te pones a vender drogas, te va bien, y en un momento dado de tu vida al estar sola, al no confiar en nadie y no tener a tu lado quien te dé una mano amiga, te encuentras sin trabajo. No consigues nada y por un momento lo que llegaste a conseguir se esfuma porque lo gastas en fiestas, por los golpes que la vida te da. Luego de unos meses conocí a un muchacho que también estaba vinculado con el narcotráfico, pero la diferencia era que él no quería que yo continuara, ya que él me decía que en un momento dado iba a querer cosas más grandes. Pero yo no le hacía caso. Este amigo me presentó a una amiga de él, y nos hicimos buenas amigas, nos mudamos juntas ella y sus hijos y compartíamos los gastos del piso; yo por un tiempo paré las salidas nocturnas porque ya no quería continuar en ese mundo, hablé con mis padres, me consiguieron un trabajo en un restaurante de un banco y me iba un poco bien dentro de las comodidades que tenía o me había acostumbrado yo misma, pero no sabía que mudarme con aquella amiga, que yo quería como a mi madre, me llevaría hasta donde estoy ahora. Yo tenía trabajando aproximadamente 7 meses en la compañía y todo estaba bien. Un día yo llego de trabajar y mi amiga me dice que tiene un problema, yo le pregunto que qué le estaba pasando, y ella empezó a decirme que había comprado una casa aquí en Sto. Dom. y que tenía 3 meses que no la pagaba, que el banco se la iba a quitar si no pagaba. Yo le dije que veríamos lo que íbamos a hacer. Su propuesta fue que yo viniera a Santo Dom. a buscarle droga (como mula) con ella y la otra persona que tenía para comprarla, para con ese dinero pagar su casa. Me pagarían 17 000 euros si coronaba. Antes de decidir lo que haría, recibí varias llamadas de las personas con las que antes yo trabajaba ofreciéndome lo mismo. Analicé el tema varios días y pensé, si voy a Santo Domingo y corono podré ponerle un negocio a mi mamá. Pero no pensé en ningún momento las consecuencias, solo quería hacerlo para ayudar a mi madre y a mi amiga, fue lo unico que pensé. En fin, lo hice; el otro contacto me compró el billete del vuelo y me dieron 500 euros de dieta. En un hotel tragué las bolitas que me llevaron, y no tenía decidido aún llevar la droga que mi amiga me había pedido que llevara. El mismo día en el cual yo regresé ella me llamó, me rogó tanto que yo decidí pegar la droga de ella en mi cuerpo con faja. En fin, ya sabes cuál ha sido la consecuencia de mis actos, estoy ahora condena- da a 7 años por narcotráfico y no he visto a nin- guna de las personas que un día decían ser amigos. Solo cuento con mi familia, gracias a Dios. Llevo 4 años y 7 meses de mi condena; y otra cosa, luego de yo tener 1 año de mi apresamiento me encuentro con la sorpresa de que aquella amiga que yo quería como a mi madre ahora también está aquí. Esta es la vuelta que da la vida.

Me llamo N.
Soy holandesa

Estoy recluida en el C.C.R.N.M. 2. Lo cual llevo 2
años y 7 meses en Najayo Mujeres. Estoy condenada a 10 años de prisión. Tengo 6 años y 2 meses.
Estoy optando por mi libertad condicional. Bueno,
antes de empezar mi historia de mula quiero que
usted por favor no me ponga mi nombre original en
el libro. Hace 6 años atrás yo estaba en Holanda
y tenía una vida bien. Madre soltera y tenía todo
lo que una mujer quería tener. Mi casa, mi hija y
un trabajo honrado, pero también viajaba de país a
país para tener un chin de dinero extra para que
nada le hiciera falta a mi hija, mis hermanos y mi
mamá y tampoco a mí. Cuando empecé a trabajar como
mula no era nada fácil, no me gustaba porque tu
vida corría mucho peligro porque uno está un pie en
el cementerio y un pie en la calle. Era diciembre
de 2003 cuando yo estaba en Holanda. Estaba con mi
novio y su mejor amigo. Me dijeron que si quiero
venir para Santo Domingo a buscar una droga para
su amigo. Yo al principio no quería porque tenía
un presentimiento que iba algo a pasar conmigo.
Como diciembre es un temporada que mucha gente
viaja y controlan mucho no quería ir. Por fin me
convecieron y me compraron el boleto de viaje por
10 días. Me dieron nada más 100 euros porque no
tenían más dinero. Como yo estaba enamorada de mi
novio fui a hacerles el favor de sacar la droga

de Santo Domingo. Cuando llegué al país había un hombre moreno esperándome a mí afuera en la aeropuerto con un carro bien viejo, él me dijo a mí que me estaba esperando, que él era amigo del amigo de mi novio. Era de noche cuando llegué yo. Pasé los días aquí bien, me llevaba a todos los sitios. Comía bien, todo era bien. Te tratan como una reina brindando pila de sueños. Sabiendo que ellos no van cumplir. Pasaron los días y llegó la fecha que yo tenía que ir. Empecé a tragar las bolsitas y me puse mala y cambié la fecha para otro día, y como estaba desesperada para ir para Holanda me cambiaron el pasaje para ir desde Puerto Plata, pero como yo estaba en la capital (Santo Domingo) tenía que coger una guagua de Santo Domingo para ir a Puerto Plata. Pasé un noche allí y al siguiente día tenía que ir para Holanda. Ese día el día estaba tan triste. Estaba lloviendo mucho y sentí como algo en mi corazón y sabía que algo iba a pasar. Empecé otra vez a tragarme las bolsitas en un hotel con un tipo de confianza. Me puse mala otra vez. Y le dije a él que llame al moreno, que no puedo ir porque no me siento bien y él me dijo vete, todo va a salir bien y yo le dije que no, que me deja quedar 1 día más. Me dijo que no, vete tranquila que todo va a salir bien. Cuando yo fui para el aeropuerto estaba lloviendo mucho, y el taxi tardó mucho para venir. Cuando llegué al aeropuerto de Puerto Plata estaba vacío, sin ninguna clase de gente allí. Me estaban esperando nada más a mí, llegué, chequé mi boleto. Cuando yo estaba entrando para darles mi pasaporte y mi boleto de viaje me dijeron que yo tenía algo para darles a ellos. Yo les dije que nada. Así me detuvieron. Cuando pasé tuve yo mucho miedo porque pensaba que me iban a dar 30 años de prisión y que nunca iba a ver a mi familia jamás. Fue cuando todo empezó. Para tirarme una placa me llevaron para el hospital; llamé a mi mamá para decirle a ella que yo estaba presa. Como la hora de aquí se diferencia llamé cuando estaba allí de madrugada, ella se asustó mucho, estaba llorando mucho. Cuando llamé a moreno para decirle que estaba presa él me dijo que iba a buscar un abogado para mí y nunca me ayudó con nada. No vi abogado ni a nadie. Todos estos fueron puros cuentos. De todos aquellos que caen presos y creen en aquellos(as) desconocidos que te ofrecen un montón de dinero para traficar droga de un país para otro país, fui engañada por los tipos y también de mi novio y su amigo que nunca me ayudaron con nada. Aquí ahora estoy presa por 10 años de cárcel, lo cual ya llevo 6 años y 2 meses, perdí todo lo que yo tenía por creer en un hombre. Dejé a mi hija que tenía 1 años entonces. Lo cual tiene ahora 7 años lejos de su mamá. Caí presa embarazada y no lo sabía. Tuve a mi hija en la cárcel y la crie hasta los 2 años y 2 meses. Pero ahora está con mi familia y tiene 5 años de edad. Le puedo agradecer incondicionalmente a mi madre, mis hermanos(as), que nunca me dieron la

espalda a mí. Y también solamente a una tía mía y
sus hijos. Le doy gracias a Dios porque aprendí
mucho en este tiempo que llevo aquí. Ahora cuando
logre mi libertad voy a valorar a mi familia más y
no me meteré en problema.

Hola. Mi nombre es N., soy enfermera ciudadana venezolana. Mayor de edad, 39 años, soy la tercera de 7 hermanas. Madre de 2 preciosas niñas y cuento con una familia hermosísima. Bueno, mi historia es que a la edad de 32 años conocí a unos amigos dominicanos, ya que toda la vida me he relacionado con personas de diferentes países. Siempre me ha gustado vestir bien, comer bien y ayudar a mi familia y amigos en todo lo que pueda, pero nunca he tenido la oportunidad de tener dinero a manos llenas, como quien dice. Todo el tiempo veía a mi madre sacrificándose, trabajando mucho para darnos de comer a mis hermanas y a mí, y bueno, después de que tuve mi primera niña mi vida cambió porque mis padres nunca aceptaron mi relación con mi esposo y yo no quería dejarlo. Al dar a luz a mi primera beba mi padre me llevó a vivir con él, aparte de mi madre porque mi padre está separado de mi madre. Él me ayudaba en todo con mi beba pero no me dejaba estar con mi madre, hasta que un día me fui de la casa de mi padre para donde mi madre, pero mi madre no tenía recursos para mantenernos a mi beba y a mí, es ahí cuando mi hermana mayor tomó cartas en el asunto y me ayudaba con mi beba pero me ponía muchas restricciones y me limitaba de muchas cosas. Yo quería darle a mi bebé todo lo que ella necesitaba y quería darme todos los gustos que yo quisiera y no podía porque no tenía cómo; de vez en cuando pasaba hambre y lloraba mucho en silencio porque veía a mi bebé y pensaba ¿qué iba a darle más adelante? Hasta que un día me puse a estudiar enfermería, hice un curso y me fui a trabajar a un hospital público pero el dinero no me alcanzaba para darle a mi madre lo que yo quería darle y a mi bebé lo que necesitaba. Mis hermanas me ayudaban pero no me conformaba. Entonces empecé a salir con mi esposo y unos amigos dominicanos que se reunían en un sitio a beber; hacíamos coro. Hasta que un día uno de ellos le dijo a mi esposo: ¡oye, tu esposa parece dominicana!, y él le respondio: sí pero es venezolana, y mi esposo siempre les pedía prestado dinero a ellos. ¡Sus amigos! Y un día uno le dijo a mi esposo: amigo mío, qué te parece si ud. y su esposa nos hacen unos viajecitos y así no tenemos que prestarle dinero todo el tiempo. Y mi esposo le preguntó cómo era la cosa, qué era lo que había que hacer. El amigo le dijo cómo era la cosa y me lo propuso y yo entré en la cosa. Yo al principio no sabía cómo era todo, pero después del primer viaje me gustó la cosa porque tenía mucho dinero; ayudaba a mi madre, a mis hermanas, a mis hijas y hasta a mis amigos y todo aquel que necesitaba algo ahí estaba yo. Al principio llevaba droga de una cárcel a otra, después de un país a otro y después la droga todo el tiempo. Pensé en mis hijas y en mi familia después que pude sacar a mi madre de donde vivía y la llevé a un lugar más lindo, tranquilo y con todas las comodidades. Fue entonces cuando dije que iba a hacer unos cuantos viajecitos más para parar porque ya tenía todo lo necesario y una vida cómoda y mi madre también, hasta que llegó el día en que hice un viaje porque quería ayudar a mi ahijado para que lo operaran de hipotiroidismo, eso es un huequito en el corazón, mi comadre no tiene recursos y yo quería ayudar. Ahora estoy presa por traficar 18 kilos de heroína, estoy condenada a 12 años de prisión y estoy a la buena de Dios y agarrada de Él, porque Él conoce mi corazón en todo momento. Después que caí presa le hablé la verdad a mi familia e hijas y hoy día veo las cosas de otra manera. Aquí adentro he aprendido a valorar un poco más lo que es la vida, la familia y sobre todo la libertad. Hace 5 años que no veo a mi familia y me ha pesado haber fallado en la vida como persona, pero le doy gracias a Dios por todo. Porque no somos humanos con unas experiencias espirituales, somos espirituales con unas experiencias humanas. Por eso hoy día les digo a uds. que hay que abrir los ojos a tiempo y no se puede pensar en uno solo, solo hay que pensar en la familia.

Hoy he querido escribir esta poesía, o digamos porque me siento emocinada, contenta, alegre o mejor dicho me siento feliz, feliz porque a pesar de todos los malos momentos que he vivido y estoy viviendo en este lugar también he tenido momentos felices, dentro de lo que cabe, claro. Por todo esto le doy gracias a Dios.

Mi poesía se llama:

Valió la pena

Tal vez yo voy a envejecer muy rápido,
pero lucharé para que el día haya valido
la pena.
Tal vez sufra innumerables desilusiones
en el transcurso de mi vida. Pero haré que ellas
pierdan la importancia delante de los gestos de
amor que encontré.
Tal vez yo no tenga las fuerzas para
relatar todas mis ideas, pero jamás me
verán derrotada.
Tal vez en algún instante yo sufra una
terrible caída. Pero no me quedaré mucho
tiempo mirando el suelo.
Tal vez un día el sol deje de brillar,
pero entonces iré a bañarme en la lluvia.
Tal vez yo sufra injusticias pero jamás
iré a asumir el papel de víctima.
Tal vez yo tenga que enfrentarme con algunos
enemigos, pero tendré la humildad para aceptar

las manos que se extendieron hacia mí.
Tal vez en unas de esas noches frías
yo derrame muchas lágrimas, pero jamás
tendré vergüenza por ese pesto.
Tal vez yo sea engañada muchas veces,
pero no dejaré de creer que en algún lugar
alguien merece mi confianza.
Tal vez con el tiempo yo reconozca que
cometí muchos errores, pero no desistiré
de seguir recorriendo mi camino.
Tal vez con el transcurso de los años yo
pierda a grandes amigos, pero aprenderé
que aquellos que son mis verdaderos amigos
jamás estarán perdidos.
Tal vez algunas personas quieran mi mal,
pero continuaré sembrando las semillas de
fraternidad por donde yo pase.
Tal vez yo me quede triste al percibir que no
consigo seguir el ritmo de la música,
pero entonces haré que la música siga el compás
de mis pasos.
Tal vez yo nunca consiga ver un arco iris pero
aprenderé a diseñar uno aunque sea dentro
de mi corazón.
Tal vez hoy me sienta débil, pero mañana
recompensaré de manera diferente.
Tal vez yo nunca aprenda todas las lecciones
necesarias, pero tendré en la conciencia que las
verdaderas enseñanzas ya están grabadas en
mi interior.

Tal vez yo me deprima por no saber la letra de
aquella canción, pero estaré feliz con las otras
capacidades que sí poseo.
Tal vez no tenga motivos para grandes
conmemoraciones,
pero no dejaré de alegrarme con las grandes
conquistas.
Tal vez la voluntad de abandonar todo se torne en
mi compañera,
pero en vez de huir correré detrás de lo que
deseo.
Tal vez yo no soy exactamente quien me gustaría
ser, pero pasaré a admirar quien soy porque
al final sabré que asimismo con incontables
dudas soy capaz de construir una vida mejor
y si todavía no me convencí de esto es porque
creo
en el dicho que dice que todavía no ha llegado
el fin.
Sigue siempre firme sobre todos tus pasos,
nunca te decaigas porque siempre al final del
túnel hay una luz esperando por ti. Y recuerda
que no somos humanos con unas experiencias
espirituales; somos espirituales con unas
experiencias humanas. Con mucho cariño para
uds. desde la cárcel de Najayo Mujeres
escribió esto N.

Mil gracias.
Besos y muy agradecida.

Un 22 de abril viajé a Italia con la finalidad de entregar la mercancía que llevaba. Era la 4ta. vez que viajaba cargada. Estaba construyéndole su apartamento a mi mamá. Ella se preguntaba de dónde yo sacaba dinero. Muchas veces yo le evitaba la conversación, en otras le decía que mi trabajo me pagó un retroactivo que me debía; algunas veces le decía que pedí un préstamo. Y así la iba tranquilizando. En ese viaje no podía hacer nada fuera de lo normal, ya que en Italia vivía la madre de mi esposo (Yhon) y yo llegaba a la casa de ella. Ella preguntaba que por qué yo viajaba tan seguido para allá. Y yo le decía que era porque yo quería saber de ella. Algunas veces viajaba con mi esposo. Otras veces viajaba a Holanda. Me quedaba en Roterdan. Otras veces en Hansterdan. En este viaje, bueno, en uno de esos me fue muy bien, ahí conocí a un hombre que recibía la mercancía y era el que me guiaba. Yo no sé hablar ni holandés ni papiamento y era un poco difícil para mí comunicarme con las personas, ya que ese es el idioma que se habla allá, di como 5 viajes allá. El hombre era muy atento, su nombre es Tony. Siempre me recogía en el aeropuerto. Se tardaba para pagarme porque no lo hacía hasta estar seguro de que la mercancía estuviera completa. Él y yo tuvimos una relación de pareja, pero eso era escondido porque no podíamos tener nada por cuestiones de trabajo. Tú sabes, no se puede ligar el trabajo con el amor y a mi jefe no le convenían estas relaciones porque se le caía el negocio, o sea el pasajero podía ponerse de acuerdo con el recibidor y trabajar solos, y así tumbarle el negocio al jefe. Esta relación duró poco porque yo viajaba a otros países y no quería pedir el viaje todo el tiempo para Holanda porque no quería que mi jefe se diera cuenta de que Tony y yo teníamos una relación, porque si no no me daba más viajes. En Holanda me gustaban todos los sitios, pero lo que más me gustó fue La Haya. Luego vino el viaje a Puerto Rico. Viajé a San Juan. Allí me recibió una mujer muy antipática y odiosa, era la esposa del hombre que nos pagaba. Se llama Marilin. Ella me recogía en el aeropuerto, me llevaba a una estación de autobús y me dejaba allí. Yo me montaba en el bus hasta llegar al hotel que ya había acordado con mis jefes. Allí pasaba 3 o 4 horas, luego llegaba alguien a recoger la mercancía y al otro día yo salía de allí. Me iba a la casa de una amiga de la esposa de mi jefe hasta que recibía mi pago y me devolvía a mi país. Luego vino otro viaje a España. Este viaje fue un poco complicado para mí porque la mercancía la llevaba en un traje, o sea la ropa que yo llevaba estaba hecha de la droga con la tela arriba; era un poco complicado por el peso del traje. En este país llegaba a Madrid, igual me recibía un hombre muy agradable. Él lo primero que hacía era llevarme a comer con la mercancía. En su carro él me recogía en el aeropuerto, de lo más normal íbamos a comer. Me llevaba a una casa que tenían reservada para mí.

O sea la alquilaban para mí, y él y yo andábamos juntos hasta que yo entregara la mercancía porque en este país se usa que los seguidores del jefe custodian la mercancía hasta el día de la entrega. Yo estaba encantada de viajar allá porque era donde más rápido me pagaban. Eran 20000 euros solo cuando viajaba a Holanda, a Madrid y a Italia. Cuando viajaba a Sto. Dgo. cobraba 10000 dólares. Cuando iba a México me pagaban 5000 y 6000 dólares. Cuando fui a Brasil cobré 12000 dólares. En el viaje a Brasil tuve problemas porque al chofer de mi jefe lo estaban vigilando y a él le tocó llevarme al aeropuerto y a mitad del camino nos paró la policía; yo iba cargada con 15 kilos de heroína preparada y el chofer se puso muy nervioso, pero gracias a que yo conocía al jefe de la policía que dirigía el operativo y hablé con él, ellos dijeron que querían al hombre que andaba conmigo. Que yo me podía ir. Pero yo no lo dejé, yo me fui con él. Ellos revisaron la maleta y no encontraron nada. Pues seguimos nuestra ruta al aeropuerto. Ya casi cerraban el vuelo. Pero él habló con los contactos del aeropuerto y me llevaron hasta el avión e hice un viaje sin problemas. Luego quise viajar a Sto. Dgo., Rep. Dom. Ya yo había hecho 7 viajes a Rep. Dm. Me gustaba viajar para acá porque me distraía mucho más aquí que en otros países. Bebía, salía, bailaba, tenía un novio que me gustaba mucho. El motivo de viajar tanto para la Rep. Dom. era él. Cuando él me llamaba y me decía que quería verme yo preparaba un viaje y venía. Pero vale la pena decir que después de 22 viajes para la Rep. Dom. toqué con la mala suerte de que caí presa. Después de 2 años de mi condena me enteré de que mi esposo se casó y tiene un niño con otra mujer. Pero orgullosamente les digo que esa fue una de las razones que me ha hecho seguir adelante en la vida aquí dentro de esta prisión. He aprendido a vivir con el dolor. Por eso digo que el dolor me hace más fuerte.

Pero también tengo en cuenta que la fe es como el fuego, que si no se propaga se apaga, y como el amor, que si no se alimenta se acaba.

Algunos momentos importantes en mi vida

Unos de los momentos que más han marcado mi vida
fueron los dos partos que tuve cuando me embaracé.
Durante todo mi embarazo fue espectacular. Con el
primero tuve todo lo que quise. Despues de parir
fueron momentos lindos y de hecho ese fue un acto
significativo para unir a mi familia con la familia
del padre de mis hijas. Con el segundo embarazo
fue un poco más suave porque ya se habían limado
asperezas. Fueron momentos también muy lindos pero
un poco más tristes porque este embarazo fue de
alto riesgo, pero gracias a Dios di a luz a mi
niña, que fue prematura de tiempo (7 mesina). Pero
por lo demás todo estuvo bien y fueron momentos que
quedaron grabados en mi vida. También he vivido
momentos desalentadores. Como por ejemplo el día
de la muerte de mi hermano, que era el único varón de
7 hermanos; ya solo somos 6 hembras. Ese momento
también fue una huella en mi vida. Nunca antes
había sentido deseos de desaparecer del mundo,
quería sacarme el corazón del pecho y dejar de
existir por el simple hecho del mal sentimiento
que sentía y el dolor de ver a mi madre, así como
que se desvanecía poco a poco. Y de tanto que
lloraba. Estaba inconsolable. También el día 19 de
abril del 2004, ese día murió mi segunda madre,
es decir, mi abuela paterna. Ella era todo en mi
vida y en la vida de mi hermana (la Gorda). Ella
y yo nos criamos con mi abuela. Yo tenía como 3 o

4 días que había llegado de viajes de Sto. Dgo. Y me encontré con que mi abuela estaba muy enferma; se le explotó uno de los intestinos y se intoxicó la sangre son sus heces fecales. Tuve que viajar a otra ciudad, o a otra provincia, como dicen uds. los dominicanos. Cuando me dieron la noticia de mi abue enferma, por suerte llegamos mi hermana y yo, 3 min. antes de mi abuela morir. Yo quería morirme junto con mi vieja pero el solo pensar en que yo soy la vida de mis tres tesoros, que son mi madre y mis 2 hijas, tuve que controlarme. También el día que me detuvieron fue de terror. Aquí adentro he aprendido a diferenciar lo que es el verdadero amor, no solo por los seres queridos sino también por algo que tú le has tenido cariño o un valor sentimental. Les estoy hablando de mi perra (Sacha), ella murió a los 2 meses de yo caer presa, y murió debajo de mi cama. Porque yo dormía con ella. Murió de tristeza. Eso fue un golpe duro para mí porque Sacha era una hija más para mí pero bueno, ya he superado todos estos momentos, ahora estoy a punto de saber si ya es mi tiempo de salir de este lugar. Ya estoy casi cumpliendo la mitad de mi condena (6 años), voy a solicitar mi libertad condicional y estoy segura de que lo voy a lograr. Yo les digo, amigos lectores, que la vida es un búmeran y hay que saber vivirla. No te derrumbes, no te decaigas, si emprediste una meta, si intentaste hacer algo y eso te salió mal. No te detengas. Piensa siempre en el mañana, lucha

por lo que quieres y por lo que deseas. No pares. Vuelve a empezar. Recuerda que el que tropieza y no cae da un paso adelante. Pero el que tropieza y cae tiene que saber levantarse. Porque decía mi abue que el que vive no es por lo que recuerda sino por lo que ha olvidado. Quiero compartir con uds. una canción, una canción que encierra todo de mí pero también doy mucho de mí en ella. Bueno, para mejor decirles son dos canciones. La primera se llama «Más allá». Y la segunda «Color Esperanza».

Más allá

Cuando das sin esperar, cuando quieres de verdad, cuando brindas perdón en lugar de rencor, hay paz en tu corazón. Cuando sientes compasión del amigo y su dolor, cuando miras la estrella que oculta la niebla hay paz en tu corazón.

(coro)

Más allá del rencor de las lágrimas y el dolor brilla la luz del amor dentro de cada corazón. Ilusión, libertad. Pon tus sueños a volar. Siembra paz, brinda amor, que el mundo entero pide más. Cuando brota una oración, cuando aceptas el error, cuando encuentras lugar para dar libertad, hay una sonrisa más cuando llega la razón y se va la incompresión, cuando quieras luchar por un ideal, hay una sonrisa más, hay

un rayo del sol a través del cristal... Cuando
alejas el temor y prodigas tu amistad, cuando a
un mismo cantar has unido tu voz, hay paz en tu
corazón. Cuando buscas con ardor y descubres
tu verdad, cuando quieras forjar un mañana mejor,
hay paz en tu corazón (se repite una vez) Amor y
libertad.

ÍNDICE